Annalisa Minetti

IRIDE
Veloce come il vento

SAN PAOLO

Piazza Soncino, 5 - 20092 Cinisello Balsamo (Milano)
www.edizionisanpaolo.it
Distribuzione: Diffusione San Paolo s.r.l.
Corso Regina Margherita, 2 - 10153 Torino

ISBN 978-88-215-7645-4

Prefazione

Iride non è una biografia.

Annalisa è troppo giovane per fare un bilancio della propria vita.

Iride è un viaggio attraverso esperienze, emozioni e punti di 'vista' di una ragazza con una storia fuori dalle righe.

Nel '97 si presenta, per la prima volta, al concorso di Miss Italia una candidata non vedente. La gente si ferma davanti alla tv per capire chi sia. All'inizio è difficile scoprirlo: Annalisa sfila, balla e guarda la telecamera come tutte le altre miss.

Successivamente quella stessa ragazza incanta il pubblico di Sanremo con la sua straordinaria voce.

Infine sempre quella ragazza, diventata ormai donna, ci tiene col fiato sospeso mentre corre i 1500 alle Paralimpiadi di Londra 2012, conquistando la medaglia di bronzo e conseguendo un record mondiale.

Annalisa è cieca eppure è Miss, cantante, atleta, figlia, moglie, madre.

Ma ciò che conquista di lei è l'entusiasmo con cui, fin da giovanissima, ha saputo trasformare quello che molti definirebbero un 'handicap' in un punto di forza, ritenendolo, sorprendentemente, il 'dono' più grande che Dio le abbia fatto.

E visto che per Annalisa la diversità è stata la vera ricchezza, anche questo libro si presenta diverso.

Non è diviso in capitoli ma in colori. I colori dell'arcobaleno. Il lettore non è obbligato a procedere dalla prima all'ultima pagina. Può anche scegliere di leggere prima un colore e poi un altro, divertirsi a scoprire pian piano, come in una caccia al tesoro, le avventure di questa ragazza soprannominata Iride (veloce come il vento!).

La password per entrare è semplice: l'amore è cieco.

Inseritela e... buon viaggio.

Un viaggio attraverso i colori.

I colori dell'anima di Annalisa Minetti.

Michele Casella

Ideatore e curatore di *Iride veloce come il vento*

NERO

Era un pomeriggio di primavera. Aveva piovuto.

Mia madre chiamò, a voce alta, tutta la famiglia. Ci invitò ad andare alla finestra per vedere qualcosa di veramente speciale che era apparso nel cielo: l'arcobaleno.

Tutti accorremmo incuriositi. La reazione fu la medesima: grande stupore e meraviglia e una sola parola, quasi pronunciata in coro, per esprimere la gioia: è bellissimo!

Solo la mia voce rimase muta. Non disse niente.

Rimasi per un po' alla finestra, fingendo di aver visto. Ma io quell'arcobaleno, che partiva dal cielo e arrivava a posarsi nel nostro giardino, non lo vedevo. Guardavo il cielo intensamente... ma non vedevo nulla. Vedevo il cielo ma non l'arcobaleno.

Io, in realtà, non ho mai visto un arcobaleno!

Subito dopo mi allontanai dalla finestra, fingendo di non essere interessata, e corsi in bagno a piangere. Senza che la mia famiglia si accorgesse di nulla. Da sola.

Avevo dodici anni e in quel preciso momento stavo prendendo coscienza di non vedere come gli altri. C'era qualcosa che non andava.

Mia mamma ci diceva sempre che, ai piedi dell'arcobaleno, gli gnomi nascondono un tesoro.

Quel giorno, quindi, nel mio giardino, era stato posto un tesoro.

Allora non capii. Ero troppo piccola. Ma quell'arcobaleno era un messaggio di Dio, che mi consegnava un tesoro: la mia cecità.

Sì! Perché, col tempo, ho capito che la mia cecità è stata un dono. E se oggi sono l'anima che sono lo devo prima di tutto a quello che tutti ritengono un problema, ma che per me è il più grande dono che potessi ricevere.

Se non potevo vedere l'arcobaleno, allora quell'arcobaleno dovevo essere io.

Dovevo vestirmi di colori.

Essere colori.

Come la greca Iride, messaggera degli dèi che, volando dal cielo alla terra, portava le notizie agli uomini. Il trasparente velo di cui era vestita, incontrando i raggi del sole, diventava iridescente e dava vita all'arcobaleno.

A dodici anni non pensai a tutto questo.

Non conoscevo neanche Iride.

A dodici anni c'erano solo le lacrime.

La mie prime lacrime per la vista e... per un arcobaleno.

Ma lì è cominciato il mio volo.

Il nero che, di lì a poco, sarebbe stato totale fuori potevo contrastarlo con la luce che partiva da dentro. Pian piano ho capito di dover diventare io un piccolo arcobaleno.

Annalisa poteva essere come Iride.

Iride veloce come il vento.

ROSSO

Il fil rouge *della mia vita*

Velocemente Iride volava dal cielo alla terra per portare messaggi divini agli uomini. Portava tristi notizie o saggi consigli. Ma sempre delicatamente la dea si rivolgeva a mortali e immortali.

Io, Annalisa, non ho la stessa responsabilità di Iride.

O forse sì?

Sicuramente sì!

Quando hai avuto la possibilità di realizzare il tuo sogno, facendo della tua passione il tuo lavoro, e hai il dono di poter parlare a tante gente, è importante e naturale che tu voglia dare, in tutto ciò che fai, un tuo messaggio. Un messaggio che abbia il potere di rompere le barriere della tv, del palcoscenico e dello stadio, per arrivare dritto al cuore delle persone.

Ma, diversamente da Iride, il messaggio che io voglio dare è sempre lo stesso: l'Amore.

Vorrei che la gente tornasse a credere che, attraverso l'amore, c'è la soluzione ad ogni cosa. Gesù parlava d'amore e la gente, ascoltandolo, capiva che l'antidoto al male era l'amore.

E ancora oggi non c'è un altro rimedio più forte. Amare se stessi, amare la vita, amare gli altri.

Forse ho scritto troppe volte la parola 'amore'? Ma no! D'amore non si fa mai indigestione! L'amore è il più grande sostegno per ognuno di noi. E soprattutto il messaggio che voglio portare, da novella Iride, è: amate i vostri sogni. Amare le proprie aspettative: solo vivendo fino alla fine la passione per qualcosa, questo qualcosa potrà concretizzarsi.

L'ho sperimentato io stessa.

Il mio sogno mi ha salvata.

Il mio sogno era cantare.

Il treno era passato

Non ho scelto la musica. È lei che ha scelto me. Non ho avuto bisogno di cercarla, l'ho sempre avuta dentro. Era ed è un istinto naturale. Quando sono nata, in sala parto è rimbombato il mio vagito così acuto che il medico predisse il mio futuro da cantante. All'età di un anno, durante il matrimonio di un mio zio, mi arrampicai su un tavolo e cominciai a ballare. Sentivo la musica e perdevo il controllo. Era una carica energetica che mi investiva e rivestiva. Durante l'infanzia ho coltivato l'esigenza di ritmo che avevo dentro attraverso la danza. All'età di quindici anni, invece, ho cominciato a cantare. Non ho studiato eccessivamente, perché molte caratteristiche venivano fuori naturalmente, senza sforzi, come se fossero state in me da sempre, lì ad aspettare il momento giusto per esplodere.

Un aspetto, però, mi piaceva tantissimo: giocare con la mia

voce, gustarmela, ascoltarla, sperimentarmi, ricercare nuove note. Il cantante è un ricercatore. Poi, ovviamente, il risultato di questa ricerca devi pubblicarlo e renderlo noto agli altri, che ti ascolteranno e tradurranno la tua voce in emozioni.

Cominciai a ricercare me stessa, quella musicalità che sentivo dentro. Aiutata da mio zio, iniziai a muovere i primi passi esibendomi nei piano bar, che sono stati una grande palestra. Desideravo fortemente che la musica potesse diventare il centro della mia vita, il mio lavoro. E nel 1995 si stava per aprire una porta importante: quella di Sanremo. Insieme al gruppo Perro Negro, infatti, partecipai a Sanremo giovani, con Pippo Baudo. Purtroppo non superammo le selezioni e tornammo a casa, lì da dove eravamo partiti. Insieme a Sanremo vidi naufragare anche la buona volontà del produttore che, ovviamente, senza il Festival non avrebbe avuto una base su cui sostenere l'enorme sforzo di una produzione. Fu l'interruzione di un sogno. Ricordo quando, qualche mese dopo, mi ritrovai a guardare in tv il Festival, a casa, mentre mangiavo la minestra, a cena con la mia famiglia. Singhiozzavo silenziosamente con la testa nel piatto. Mio padre, insieme a me, cominciò a tossire per il nervosismo. Mia madre, più concreta, mi disse: «Non starai mica piangendo perché quest'anno dovevi essere lì? Cosa te ne importa!!!». Io scoppiai in lacrime. Mio padre restò in silenzio. Ero a un passo dal sogno. Il treno era passato e io non ero salita.

Nel 1998 quel treno per Sanremo, che avevo precedentemente perso e che credevo non sarebbe più passato, nuovamente arrivò puntuale per portarmi nella città dei fiori. Ho sempre desiderato che le persone a me care fossero orgogliose e fiere di me e in quel momento ci stavo riuscendo: erano tutti soddisfatti e felici per il mio traguardo. La famiglia, gli amici, tutti. Era un atto d'amore. E, forte di questa bella sensazione, salii sul palcoscenico più temibile d'Italia con tutta la grinta possibile.

Il primo scopo era quello di dimostrare che avevo qualcosa da raccontare musicalmente ma, soprattutto, non farmi piangere addosso. Non lo avevo fatto a Miss Italia, qualche mese prima, e tantomeno volevo che accadesse a Sanremo. Fra i capelli avevo una ciocca maculata per manifestare anche fisicamente la mia grinta. Ero giovanissima, bionda e con gli occhi chiari, sarebbe stato facile dire: «È arrivata la buona e bella fata turchina, però poverina… è cieca!». E non volevo. Allo stesso modo la mia canzone, pur parlando d'amore, aveva un messaggio forte: una storia d'amore può finire, ma la vita va avanti. Ci si fa forza e ci si rialza. La vita non si ferma davanti ad un cuore che ti dice no: *Senza te o con te io* (comunque) *volerò*.

Fu un Festival di grandi emozioni ma anche di grande difesa. Le stesse polemiche che avevo sperimentato a Miss Italia arrivarono puntuali: vittoria annunciata, vantaggi per il fatto di essere non vedente con conseguente sensibilizzazione 'indegna' di pubblico. Quelle tipiche parole che, più che critiche, suonano come accuse. Tanto che tu ti chiedi: «Ma che avrò mai fatto? Ascoltatemi prima, poi se canto male mandatemi a casa, ma non mi accusate a scatola chiusa!».

Per certi versi i giornali, però, non avevano tutti i torti. Una parte del pubblico mi amava ancor prima di cantare, perché mi aveva conosciuta e seguita al concorso di Miss Italia. Forse qualcuno mi avrà votata proprio per 'pietà', perché riteneva la vittoria di Sanremo come un risarcimento alla mia 'sfortuna' e un alleviare la mia sofferenza. Una terza parte di pubblico (e giornalisti!) preferiva, invece, vedere nella mia cecità la vera e unica 'discutibile' protagonista di Sanremo. Ma al concorso di Miss Italia mi ero temprata bene e avevo capito che, in alcuni casi, è necessario cantare la canzone di Marco Masini che si intitola *Vaff...* insomma la conosciamo tutti!

Mi gustai il palcoscenico come parte integrale della fiaba, che vedeva una sconosciuta al centro dell'attenzione, una Cenerentola che indossava il suo abito elegante per debuttare nel suo più grande sogno.

Il regolamento di quell'anno dava la possibilità ai primi tre classificati nelle Nuove Proposte di entrare di diritto in gara con i Campioni. Io fui contenta di vincere fra i giovani, un po' meno entusiasta di confrontarmi e vincere fra i big. Non mi piaceva l'idea di gareggiare con i big perché avevano una storia musicale, una gavetta riconosciuta e ritengo quella scelta del regolamento sbagliata. Ma *dura lex sed lex.* Avrei preferito vincere solamente fra le nuove proposte, gustandomi il traguardo con serenità. Avere un anno davanti per crescere artisticamente e presentarmi per un nuovo Sanremo da big. Così, invece, ho involontariamente bruciato alcune tappe. Mi sarebbe piaciuto convincere la gente delle mie capacità con calma, far crescere in loro stima e affetto, far innamorare di me il pubblico con i tempi giusti e non con quella fretta mediatica che, poi, a lungo andare, ti penalizza e che non credo mi abbia fatto bene.

Ma le immagini del Festival che conservo con tenerezza sono quelle che nessuno ha visto, perché accadevano lontano dal palco, dalle telecamere, dai giornalisti. I momenti trascorsi in albergo o in teatro prima della kermesse, ad esempio. Un giorno un autore si mise al piano a suonare *Amapola*. Io, che ero sempre stata affascinata da quella canzone, mi avvicinai e cominciai a cantare con lui. Non conoscevo nessuno del mondo della musica e non vedendo non potevo accorgermi di chi fosse vicino a me o con chi avessi a che fare in quei momenti, a meno che non li riconoscessi dalla voce. In quei giorni mi hanno detto che suonavo e cantavo con tutti, dal cantante famoso al barista dell'albergo. Ogni momento era buono per cantare tutti insieme. Ecco cosa conservo di Sanremo: una ragazzina piena di entusiasmo che cantava per la semplice voglia di cantare. Ero salita sul treno! *Treno blu* fu il titolo del mio primo disco.

Compagna di viaggio

La realizzazione del sogno è arrivata proprio nel momento più difficile della mia vita, quando ho perso la vista, quando stavo per mollare, pensando che avrei sicuramente continuato a cantare, ma senza sperare di poter costruire una carriera, di far diventare la musica il centro della mia vita. Mi ero quasi rassegnata al ruolo di segretaria.

Ma Dio aveva altri progetti. I doni di Dio non restano mai chiusi in un cassetto, fioriscono a tempo opportuno. La musica è arrivata a dare ai miei occhi un futuro. È stata la gemella della mia vista, pronta a prendere il suo posto quando è andata via. Potevo finalmente vivere la mia passione, e non avevo bisogno degli occhi per farlo. Mi emozionavo ed emozionavo attraverso la mia voce. Ero finalmente un tutt'uno con la musica spiritualmente e fisicamente. È arrivata come una provvidenza per sottrarmi alla preoccupazione, per sottrarmi ad una eventuale caduta. Non vedevo, ma avevo la voce. E la mia voce era la mia vita. Avevo un nuovo mezzo di comunicazione da usare, che veniva a supplire allo sguardo.

E così quel primo vagito acuto, che avevo elevato da neonata in sala parto, era tornato da me, per indicarmi la strada e restarmi accanto. La musica è cresciuta con me, ha avuto il mio stesso percorso, è diventata da neonata una donna. Da protagonista mi ha sostenuta nei momenti positivi e quando mi sentivo a pezzi. Mi ha resa sicura, ha subito le mie scelte e i miei cambiamenti. All'inizio l'ho vissuta con entusiasmo ma con grande incoscienza, poi con responsabilità e diventando consapevole delle sfumature di cui poteva vestirsi. Ha urlato i miei dolori e le mie gioie. È stata la mia compagna di viaggio. Un viaggio nel pentagramma, il posto ideale dove nascondermi dietro una nota, dove affacciarmi da una linea per far scendere una lacrima. Quando qualcuno mi dice: «Quando ti ascolto cantare, piango!», io rispondo: «Addirittura? Canto così male?». Ma in realtà mi emoziono perché significa che è arrivato ciò che provo io. D'altra parte le lacrime ci ricordano che abbiamo qualcosa dentro.

Dopo Sanremo sono stati tanti i momenti fondamentali: i

tour in Italia e all'estero, il Festival di Viña del Mar, il musical, dove mi sono confrontata anche con la recitazione e la danza, le esperienze televisive come 'Music Farm'. Ma queste sono note biografiche che tutti conoscono. In realtà un artista dovrebbe avere due biografie: una con gli appuntamenti importanti e una con le esperienze della sua anima, una con date ed eventi, l'altra con i colori dell'anima. In ogni caso, dopo mille avventure e mille colori, con la mia compagna di viaggio oggi siamo ancora qui, è il caso di dire, a cantarcela.

La 'sorellina' della musica italiana

Nella canzone con cui vinsi il Festival di Sanremo nel '98 c'era un riferimento a Laura Pausini e alla sua canzone *Strani amori,* che in quel periodo ascoltavo continuamente. Fu un omaggio alla 'Laura nazionale' che mi piaceva e mi piace tantissimo. Lei mi chiamò con straordinaria semplicità per salutarmi e conoscermi.

Mi sono ritrovata nel panorama musicale improvvisamente e quando incontravo i cantanti famosi più che sentirmi loro collega mi sentivo una loro fan, e non ho mai smesso di confermare loro la mia stima. Quando mi hanno regalato la possibilità di duettare con loro, vivevo quel momento con una grande gioia, come un sogno che si realizzava. Mi sono sentita da sempre la sorellina della musica italiana. D'altra parte essi stessi mi hanno sempre trattata con grande affetto, considerandomi un po' come una sorellina.

Subito dopo Sanremo Riccardo Cocciante mi chiamò a duettare con lui in *Celeste nostalgia:* un'emozione unica, che ancora oggi rivivo nelle mie esibizioni riproponendo questo brano strepitoso. E poi ancora Claudio Baglioni, di cui sia io che mia madre eravamo grandi fan. L'ho sempre visto come un lord inglese dai nobili sentimenti, un poeta fine e delicato. Infine Toto Cutugno, che per me è diventato un vero e proprio zio.

Per tutto il mio percorso musicale mi sono sempre sentita come Alice nel Paese delle Meraviglie, pronta a stupirmi ogniqualvolta un artista della musica italiana bussava alla mia porta. Ma non solo artisti, anche pagine, perché spesso hanno scritto canzoni per me penne speciali, come nel mio secondo disco intitolato *Qualcosa di più*: i Pooh, Ron, Biagio Antonacci, Eros Ramazzotti, Enrico Ruggeri, Mariella Nava.

Nei miei concerti rendo sempre omaggio a questi artisti che mi hanno donato qualcosa, che mi hanno lasciato un segno. Penso che riconoscere che qualcuno o qualcosa ti abbia fatto maturare sia una prova di grande umiltà artistica. Attraverso i miei 'idoli' ho imparato molto e lo voglio dire pubblicamente, ringraziandoli. Mi hanno dato spesso la possibilità di apprendere, curiosare, rubare, intrufolarmi tra le righe dei loro pentagrammi e mi piace l'idea di raccontare il mio percorso musicale attraverso di loro.

Per questo nei miei concerti propongo canzoni di altri artisti, che mi hanno segnato, e racconto la mia storia attraverso di loro, da sincera e affezionata sorellina che, ancora oggi, penso di essere per la musica italiana.

Sarebbe impossibile stilare una lista di tutte le canzoni, italiane e non, alle quali sono legata. Ogni anno quando devo definire la scaletta per i miei spettacoli live è sempre molto difficile. Scelgo fra le mie canzoni, le canzoni che ho condiviso con altri artisti e quelle totalmente di altri, che mi piace proporre in nuove formule, con arrangiamenti particolari. Voglio, attraverso la scaletta delle canzoni, proporre il mio percorso di vita, l'Annalisa quotidiana. La gente che viene ai miei live non arriva solo per ascoltare musica, ma anche per vedere, da vicino, una ragazza con una storia molto particolare. Viene a osservare la straordinarietà della vita, per certi versi. Non perché io sia straordinaria, ma semplicemente perché ho avuto una storia particolare. Di cantanti brave ce ne sono tantissime! Il pubblico a me non chiede solo la voce, chiede la vita.

E io, consapevole di ciò, non mi risparmio nulla. Il fatto di essere non vedente non deve limitarmi e costringermi a stare ferma davanti al microfono. Assolutamente no! Nei miei spettacoli ci sono numerosi cambi d'abito, realizzo coreografie da sola o accompagnata, vengono trasmessi video di sensibilizzazione ai progetti umanitari che promuovo, in scena gioco con lo sgabello e con i miei musicisti, mi tolgo le scarpe e improvviso balletti, salto in sella ad una bike da spinning e canto *Maniac* pedalando. Alterno momenti di euforia a momenti più intimi e malinconici, note di allegria e note più sofferte. È un continuo accendersi e spegnersi, con mille volti e mille messaggi da portare. Ogni esibizione è come una danza dei sette veli: ad ogni canzone ne tolgo uno, fino a restare completamente nuda per mostrarmi sinceramente e, in quella nudità, il pubblico si riconosce. Non sono, però, Salomè: io non chiedo teste su vassoi d'argento. Bensì il contrario. Chiedo di amare la vita, perché se ci riesco io, con la mia oscurità, a superare certi limiti, allora possono riuscirci tutti e, soprattutto, tento di trasmettere il messaggio che nessun ostacolo può impedirci di godere pienamente della vita e smentire l'idea che un disabile debba essere triste e avere una vita vuota. Noi scoppiamo di gioia molto più dei cosiddetti 'normodotati'!

Spesso alla fine dello spettacolo molte persone mi dicono che più che un'esibizione è stata una lezione di vita! E io rispondo: «Ma io ho solo cantato». Eppure so che forse questa grinta, portata da me, diventa un'esortazione ad affrontare la vita in modo un po' diverso.

È chiaro che tutti questi passi, che un'altra persona potrebbe fare naturalmente, nel mio caso devono avere un'organizzazione precisa: un auricolare che mi permette di sentire la voce di mio marito che, da dietro le quinte, mi guida; segni convenzionali stabiliti con il fonico e lo staff per comunicare loro le esigenze che ho sul palco dal punto di vista audio; movimenti programmati per trovare lo sgabello in un determinato punto e in un determinato momento; truccatori e parrucchieri in ogni parte d'Italia che mi permettano di presentarmi al pubblico nel migliore dei modi perché un dono va presentato incartato, con fiocco e biglietto, e così anche un artista che si dona deve, a mio avviso, curare tutto: abito, trucco, capelli, testo della canzone, modo in cui cantarla, movimenti, insomma un dono fuori e dentro. Lo spettacolo rappresenta il lavoro di una squadra affiatata che io, da regista, guido. Inoltre, da quando anche mio marito è entrato a far parte dell'équipe, il lavoro è diventato più agevole e naturale.

Costruire lo spettacolo non significa solo dare un giusto valore artistico all'esibizione, far conoscere le mie capacità, vuole essere anche un messaggio: tutto è possibile. Non voglio pormi limiti solo perché sono non vedente. Posso e riesco a fare uno spettacolo come tutti gli altri artisti. Stupire e meravigliare, coinvolgere ed emozionare.

All'inizio del mio percorso cercavo spesso canzoni che potessero permettermi di giocare con la voce. Oggi, oltre a questo, valuto anche i testi, perché ogni singola canzone è un messaggio che do al pubblico. È come se la mia missione fosse quella di catturare ogni singola persona che ho di fronte, toccarla nell'anima con almeno una canzone, sfiorare con un tema un momento della sua vita, permetterle di tornare a casa pensando che, in un punto dello spettacolo, si è sentita particolarmente coinvolta.

In ogni canzone che canto, però, voglio che ci sia una parte di me. Se dovessi scegliere di 'esistere' in una sola canzone, allora di sicuro vorrei essere la mia *In volo,* che unisce la musica e la corsa. Dice...

Mi sveglio fino all'anima
tra un letto caldo e un sogno in più
da spendere, da correre
con l'alba che s'illumina
pensieri si diradano
e corro, corro e volo via
Guardami

sono una nuvola
e rimango in volo
sempre appesa a un altro cielo
mentre qui tutto si complica
e restiamo soli
siamo sempre troppo soli qui
Respiro fino all'anima
c'è Londra che s'illumina
il tempo è solo un battito
e il cuore che mi porta via
Guardami
sono una favola
e ti porto in volo
stretti ancora a questo cielo
e da qui tutto è più facile
non lasciarmi sola
segui il mio respiro e vola
In volo qui

Parla della corsa ma è una metafora della vita e dei sogni. La metafora della mia storia. Quando nutri in te un sogno, allora sperimenti una sensazione di benessere, che ti permette di volare, di lasciare tutto ciò che è 'troppo umano' per abbandonarti solo alla bellezza. In quel *Mi sveglio fino all'anima tra un letto caldo e un sogno in più* c'è tutta la voglia di vivere e realizzare un sogno: il risveglio è il momento in cui ognuno sta con se stesso, per riflettere sulle proprie aspettative perché ognuno, ogni giorno, ha una nuova alba. In quel *il tempo è solo un battito* c'è la profonda verità che il tempo deve essere forse scandito dal cuore e non dall'orologio; nel *ri-*

mango in volo c'è quell'attimo in cui si plana, forse breve, ma che ti carica per poi camminare sulle gambe; *segui il mio respiro e vola* è l'invito ad aiutare gli altri a spiccare il volo; *Guardami sono una favola*… sono io… la mia vita… che finora, grazie a Dio, è stata una vera e propria favola.

Il fil rouge *della mia vita*

La musica è la mia grande passione.

Mi ha accompagnato dal giorno in cui sono nata, ed è ancora accanto a me. Non andrà mai via.

È cresciuta con me e da bambina è diventata donna.

Mi ha fatto piangere, ridere, disperare, sperare.

Mi ha spesso permesso di vivere e, in alcuni casi, di sopravvivere.

Mi ha accompagnata e guidata a braccetto, non come una dama di compagnia, ma come un'altra me stessa.

Il colore della passione è il rosso.

È il colore del cuore e dell'amore, definizioni che possono sembrare banali e scontate, ma che nella loro semplicità comunicano il giusto senso.

Il rosso è anche il colore preferito del mio bambino.

Lui, come la musica, l'ho sentito in me da sempre.

La mia musica. È il mio sangue.

È una parte di me. È me. Non mi lascerà mai.

Siamo legate da un filo. Un filo di voce. Un filo di ferro. Un filo rosso di passione.

Annalisa è rossa.

Rossa come il *fil rouge* della mia vita.

ARANCIONE
Una di famiglia

«Taumante sposò la figlia d'Oceano dalle profonde correnti, Elettra, e questa generò Iris veloce e le Arpie dalle belle chiome, Aellò e Ocypete, le quali sanno seguire il soffio dei venti e gli uccelli nel volo con le ali veloci: tanto rapide infatti si slanciano», scriveva Esiodo nella *Teogonia*.

Così era composta la famiglia di Iride.

Era una dea, eppure non stava solo con gli dèi.

Frequentava anche gli umani, ai quali portava messaggi.

Metteva in contatto gli dèi con gli umani. Raggiungeva tutti.

Ma mai come fredda ambasciatrice, sempre con una predisposizione familiare.

Anch'io sono sempre in mezzo a tanta gente.

Incontro, conosco, vivo, parlo con loro.

Ognuno mi lascia qualcosa. Ognuno entra nella mia vita. Diventa uno di famiglia.

Annalisa e le sue tante famiglie.

Pasta al forno, carne alla brace, dolce, per la domenica. Spaghetti al tonno e focaccia di cipolle per il sabato sera. Il menu era quasi sempre lo stesso. Anche il copione era sempre lo stesso: gli uomini a giocare a carte e le donne a chiacchierare in cucina. Ma qualsiasi menu più succulento non avrebbe mai degnamente sostituito quelle giornate, dove il piatto forte era lo stare insieme. Tutti: nonni, genitori, fratelli, zii, cugini. Una famiglia di origini pugliesi trapiantata a Milano. Una famiglia vecchio stile con valori saldi e fondati, con sapore e calore.

Sono la prima di quattro figli e ho dovuto imparare fin da piccola a sentirmi parte di una squadra, pronta a gioire insieme ma, soprattutto, a darci forza l'un l'altro nei momenti difficili. Siamo stati provati più volte, infatti, dalla sofferenza. Dopo di me arrivò la piccola Barbara, che purtroppo ci lasciò tre mesi dopo la sua nascita. In seguito a questo lutto mia madre visse un momento difficile, rapita da una brutta depressione, sempre stanca per i medicinali che prendeva. Mio padre mi ripeteva, ogni giorno, che dovevamo essere io e lui a curarla con l'amore. E ci siamo riusciti. Abbiamo vinto. Non posso che amare mia madre. È stata un'amica sempre presente che credeva nei miei sogni più di me e li proteggeva, così come proteggeva me. Un'amica complice che mi truccava per andare a ballare e mi aiutava a nascondere i vestitini corti sotto i jeans e i maglioni lunghi per non farmi vedere da mio padre, che, geloso come tutti i papà, avrebbe storto un po' il naso. Essendo molto amiche, spesso però mi permettevo il lusso di mancarle di rispetto e mandarla a quel paese senza mezzi termini. Ricordo sempre le sue parole: «Sei proprio bella! Ma come ho fatto a fare una figlia così bella?». Ma per lei provo anche stima e ammirazione per la forza che ha avuto nei momenti di prova e nelle scelte che ha fatto per la sua famiglia. Lavorava in un'azienda ed era prossima ad una promozione da dirigente che, però, l'avrebbe portata in giro per il mondo. Lei rinunciò e diventò una casalinga per seguire i suoi figli. Nel frattempo, infatti, era nato Fabio, il mio secondo fratello. Durante il parto una manovra sbagliata del medico generò un'asfissia che ha determinato un ritardo mentale. Vidi passare i miei genitori da un dolore all'altro e io insieme a loro. Con lui io, allora normodotata e inconsapevole di cosa mi sarebbe accaduto di lì a poco, ho cominciato a conoscere il mondo dei diversamente abili e soprattutto le piccole grandi guerre che devono vincere, ogni giorno, i genitori di questi bambini. Abbiamo cominciato a lottare per i diritti di Fabio, per debellare l'ignoranza che, ieri più di oggi, c'era sulla disabilità. Mio padre è stato anche fondatore di un'associazione costituita da famiglie che vivevano la nostra stessa situazione, affinché questi ragazzi potessero studiare, svolgere attività come gli altri, fare sport, lavorare, vivere pienamente le loro giornate con naturalezza, eppure sempre protetti. E devo dire che siamo riusciti a dare a Fabio la vita serena che gli spettava. Oggi lavora ed è anche fidanzato. Mio padre ha votato la sua intera vita a mio fratello, facendogli sentire tutto l'amore e l'attenzione di questo mondo e anche un po' viziandolo. Spesso leggo in lui la paura di doverlo, un giorno, lasciare, il timore che Fabio, senza di lui, possa essere dimenticato. Ciò non accadrà mai e lo sa bene, ma credo che un genitore di un disabile si fidi solo di se stesso e tema molto la morte, non per sé ma per il figlio che lascia. Mia mamma, invece, si è divisa tra Fabio e noi altre figlie, perché dopo sono arrivate Valentina e Francesca.

Credo che Valentina sia quella che abbia sofferto di più. È l'unica fra noi a non avere alcun problema di salute e, pertanto, per molti anni, ha sempre taciuto i suoi malanni e le sue sofferenze, quasi come se, essendo l'unica normodotata, non volesse 'disturbare' e non avesse il minimo diritto di lamentarsi. Per questo è stata sempre molto intima, tranquilla, poco aperta.

Francesca, invece, è l'étoile di casa. Ha sempre amato e coltivato la danza classica. Purtroppo in questo periodo sta sviluppando la mia stessa patologia. Quando si è resa conto di ciò mi ha cercata subito. Non le interessava cosa dicevano i medici e gli esperti, voleva sapere cosa le dicessi io. Mi ha chiesto: «E se io, diversamente da te, non ce la faccio?». Io le ho risposto che la vita è vita e troverà comunque la strada giusta, una propria dimensione, e che non sarà questa condizione a modificare la sua vita, ma la sua vita a modellarsi armonicamente su questa nuova condizione. È al primo stadio. Per il momento non vede i dettagli delle cose, fa fatica a leggere e in questo la aiuta mia madre. Anche a scuola abbiamo dovuto chiedere un aiuto, con molta difficoltà perché ovviamente, non essendo ufficialmente 'non vedente', non ha diritto legalmente a un sostegno. Io spero che non peggiori e non arrivi al mio stadio, ma le ho consigliato di prepararsi. Io non fui costretta a lasciare la mia passione, il canto, invece lei ha dovuto lasciare la sua, perché non riusciva più a ballare. Era brava. Ha attaccato le punte e il tutù al chiodo ma, tuttavia, per non abbandonare totalmente la danza, ha indirizzato la sua passione verso una nuova forma di movimento, il latino americano, dove c'è il suo fidanzato a guidarla e, pertanto, è facilitata. Il fidanzato ha già cominciato a studiare me e mio marito per imparare a starle accanto nel migliore dei modi. Francesca non potrà essere un'étoile, ma sono sicura che troverà il modo di essere una stella.

Mio padre davanti a questa nuova 'sorpresa' ha detto: «Una volta va bene, ma due volte no!». Ma non lo spaventa più nulla. Qualche tempo fa, mentre Francesca usciva dall'aula dove aveva sostenuto l'esame di maturità, che era andato bene, io lo avevo chiamato per comunicargli che avevo vinto la medaglia di bronzo agli Europei: piangeva per l'emozione.

Io sono fondamentalmente innamorata di mio padre. È un uomo fragile e forte allo stesso tempo, felice della sua semplice vita, educato ad accontentarsi, pronto a privarsi di tutto per noi, a rinunciare al tempo per se stesso e per lo svago, risparmiatore e lavoratore impeccabile. Mio marito, a volte, scherzando mi dice gelosamente: «A tuo padre giustifichi tutto e a me non ne fai passare una!». Ed è vero.

Mio padre è ispettore di polizia. Lavorava molto e non lo vedevo spesso. I miei genitori erano giustamente 'distratti' dall'impegno che Fabio dava loro e io crescevo accontentandomi del poco tempo che avevano per me e legandomi fortemente ai miei nonni, sempre presenti, che colmavano, nel migliore dei modi, l'assenza giustificata di mamma e papà. Nonno Vito veniva a prendermi a scuola e mi portava a casa da nonna Barbara, dove mi aspettava pasta e fagioli per merenda. Tutti i nipoti attorno al pentolone, e la nonna col mestolo che riempiva i nostri piatti fino allo svuotamento totale del pentolone (eravamo messi all'ingrasso!), e poi tutti a dar fastidio a zio Lorenzo, il più giovane, il più amato, complice, quello a cui facevamo le nostre confidenze e che ci portava in giro.

I nonni paterni, invece, Anna e Francesco, li incontravamo d'estate, quando andavamo in vacanza a Ostuni. Loro mi hanno regalato il rapporto vero con la natura: l'olio, le mandorle schiacciate coi sassi e mangiate fresche, le giornate nei campi, pestare l'uva e cantare, le capanne sugli alberi con le vecchie lenzuola della nonna, i trulli, i capelli lavati con la cenere, i pozzi per l'acqua, il brodino della nonna che aveva un sapore speciale, tanto da chiederlo anche in piena estate (che cosa ci metteva dentro non si sa! Quando lo faceva mia madre, con gli stessi ingredienti, non veniva mai così). Esperienze di grande tradizione, di grande 'italianità'. Come vorrei che anche mio figlio potesse viverle!

Tutti si sono radunati intorno a me, quando ho perso la vista, senza commiserarmi, ma istigandomi a reagire, conservando tutte le abitudini che avevo prima. Sono venuti a Salsomaggiore per Miss Italia e poi a Sanremo tutti insieme. Il loro albergo nella città dei fiori divenne il centro pro Minetti. Anche cuochi e albergatori facevano il tifo per me e, quando Raimondo Vianello pronunziò il mio nome come vincitrice, in quell'albergo esplose una festa degna di un Capodanno. E altrettante feste nella mia città, nel corpo di polizia. Tante famiglie a festeggiare per me. Per questo io mi sento di tutti e per tutti.

Mi piace trascorrere il tempo con la mia famiglia. Li ascolto, li osservo. Il problema di uno è il problema di tutti. Oggi non è più come in passato: vacanze insieme, al lago insieme, tutto insieme. La magia si ripete solo a Natale. Ma com'è bello sapere che ritorna, ogni anno, puntuale, il passato.

Guardo mio padre e sento l'amore. Guardo i suoi capelli diventati bianchi in poco tempo, subito dopo la notizia della mia cecità. Guardo le sue spalle larghe, e ricordo quando diceva che Dio gli aveva mandato tante prove proprio perché aveva le spalle più larghe degli altri e poteva supportare e sopportare. Tre dei quattro figli con gravi problemi di salute. Su quelle spalle ci ha portati tutti. È stato un albero, con radici forti, con un grande fusto e folti rami. Ed io mi sento il suo frutto.

Miss mia cara Miss

Nel 1997 mi sono ritrovata in una famiglia di tutte donne, cento per la precisione, e un solo papà, Enzo Mirigliani: era la famiglia di Miss Italia. Non avevo scelto spontaneamente di partecipare. In quel periodo facevo pianobar in giro per la Lombardia. Mi chiesero di cantare in sottofondo ad un concorso di bellezza e accettai. Quando arrivai l'organizzatrice della serata mi propose di sfilare e partecipare alla selezione. Io rifiutai perché non vedevo. Pertanto non volevo che la gente mi votasse perché non vedente e inoltre avevo molta paura di cadere. Ma questa gentile signora mi disse che, se avessi detto sì, avrebbe fatto sfilare tutte le ragazze a due a due, mano nella mano. Fu così gentile che accettai e vinsi. Nessuno si accorse che ero cieca. Subito dopo lei stessa mi propose di partecipare a Miss Lombardia. Anche questa volta, aiutata da un auricolare, non rivelai la mia vera natura, se non dopo aver vinto la fascia. Quello che era cominciato come un gioco stava diventando serio e non potevo continuare a fingere di vedere. Non nascondo che immediatamente pensai al concorso di Miss Italia come a un possibile trampolino per la musica. E così mi impegnai. Superai diverse selezioni e mi ritrovai a Salsomaggiore, per il mio primo appuntamento col mondo dello spettacolo. Ovviamente la mia partecipazione alla kermesse non passò inosservata. Ogni anno c'è una polemica a Miss Italia e quell'anno la polemica ero io. Si parlò di strumentalizzazione, di vittoria annunciata, di favoritismi, di vantaggi. Ma io le polemiche le ho lasciate su quei giornali in quell'anno. Ciò che conservo sono le emozioni e l'adrenalina di quell'avventura. Enzo e Patrizia Mirigliani, con affetto spontaneo, si preoccupavano per me, facevano di tutto per farmi sentire serena. In un certo senso godevo di vantaggi perché ero protetta in nome della mia disabilità, ma io non ne abusavo: volevo solo partecipare al concorso come le altre ragazze. Grazie ad un auricolare modello Boncompagni/Ambra mi muovevo, sfilavo, e guardavo la telecamera, guidata da Gabriele e Paolo, due guide per non vedenti, con un metodo usato per lo sci. Mi avevano insegnato ad essere radiocomandata, e facevano in modo che la gente non si accorgesse del mio problema, che apparissi come tutte le altre. Ed effettivamente io ho fatto tutto ciò che facevano le altre, nei limiti del possibile, senza risparmiarmi. Ricordo con terrore i gradini di Salsomaggiore, tutti uguali. Natasha Stefanenko mi disse che scendevo le scale elegantemente, gustandomi la sfilata e catalizzando l'attenzione su di me, con sguardo fiero. Io la ringraziai: ero felice dell'impressione che avevo dato al pubblico, che però non era la verità. La verità è che avevo una fifa pazzesca di cadere, perciò andavo piano, altro che capacità da modella, io pensavo fra me e me: «Fammi andare piano che qua se cado mi rompo tutta!!!». Come musica avrebbero dovuto mettermi *Miss mia cara Miss* di Totò, perché era veramente una situazione comica. Partecipai anche alla coreografia: nella parte iniziale, da solista, perché poi, logicamente, non potevo correre da una parte all'altra dello studio. La mia partecipazione ovviamente non passava inosservata e questo alcune delle ragazze non me lo perdonavano, facendosi prendere da un'insana invidia. Le donne in competizione sanno essere terribili. Ma le comprendo perché effettivamente io avevo più attenzioni. La gente appena mi vede apre subito il cuore, come se avessi bisogno di qualcosa, desidera conoscermi meglio, e questa predisposizione umana è sicuramente un vantaggio. Alcune partecipanti si sentirono svantaggiate perché 'normali', altre mi erano accanto perché dove c'ero io c'erano telecamere e fotografi, altre, invece, mi erano sinceramente affezionate, come la Miss Italia di quell'anno, Claudia Trieste. Una ragazza semplice, studiava psicologia, non pensava minimamente di diventare Miss Italia. Ci sentivamo vicine perché entrambe eravamo nell'occhio della stampa, io per la mia partecipazione inattesa, lei per una tragedia familiare che tirarono fuori i giornali. Nel mio caso era comprensibile, c'era curiosità, e mi stava bene, potevo sopportarlo e comprenderlo, ma nel suo caso no: perché tirare fuori una ferita in un momento di gioia? Eravamo entrambe legatissime alle nostre famiglie e, in particolare, ai nostri fratelli. Quando fu eletta Miss fui felicissima. Con Claudia abbiamo condiviso tutto il periodo post-concorso, andando in giro per l'Italia, lei come Miss Italia, io come Miss In Gambissime. Ci raccontavamo l'una all'altra e facevamo sempre la scorta di regali per i nostri familiari. Eravamo pronte a svuotare le valigie dei nostri vestiti per riempirle con doni per i nostri cari. Con Claudia c'è stato un bel rapporto umano: creammo il nostro nucleo familiare per supplire alla nostalgia delle nostre rispettive famiglie. Successivamente ci siamo perse di vista, ma la ricordo sempre con grande affetto.

Con grande stima porto sempre nel cuore anche il conduttore di Miss Italia, Fabrizio Frizzi, generoso, leale, rispettoso, umano. Una bella persona e come lui ce ne sono pochi. Quando lo rivedo sono sempre felice e ricordo la canzone che facemmo insieme a Miss Italia e che mi aprì le porte della musica italiana. Avevamo provato *Diamante* ma in quel momento decisi di cantare *Caruso.* Lui, sebbene sorpreso per il cambio di canzone, mi accompagnò al pianoforte. Quelle note le conservo ancora.

Miss Italia mi aprì anche le porte della moda che per un certo periodo ho frequentato, e sono soddisfatta perché quando, oggi, si parla di indossatrici disabili, per quanto riguarda l'Italia, c'è anche il mio nome: fu un piccolo grande primato. Ricordo in particolare la sfilata di piazza di Spagna *Donna sotto le stelle*. Quell'anno fu rinviata da luglio a settembre per il grave lutto che colpì il mondo della moda con la morte di Gianni Versace. Mi chiamò Mirigliani e mi disse che avrei dovuto sfilare. Immediatamente pensai: «Se non son morta a Salsomaggiore, morirò sulla scalinata di piazza di Spagna. Mi basta sbagliare un gradino e me li faccio tutti e centotrentacinque rotolando». Alla fine scesi solo dodici gradini (in piedi, non rotolando, grazie a Dio). Sentii pure un tonfo di una modella che cadeva e pensai: «Vabbè, è andata! Se è caduta lei che ci vede, figurati io...!». Sfilavo per Gattinoni, con un abito bianco e un lungo strascico, così bello che sui giornali mi chiamarono la Minetti in versione Arcangelo. E un po' angelo in quel periodo della mia vita lo ero veramente, perché quelle avventure mi fortificavano e mi stavano facendo crescere pian piano due grandi ali.

Famiglie che vanno, famiglie che vengono (nel lavoro!)

Subito dopo la canzone cantata a Miss Italia mi ritrovai a casa tutte le più grandi case discografiche italiane. Prima non ne avevo nessuna, ora le avevo tutte e dovevo scegliere. decisi col cuore. Avevo due idoli: Michael Jackson e Claudio Baglioni. Entrambi con la Sony, per cui optai senza ombra di dubbio per la Sony. C'era Roberto Rossi che mi ispirava molta fiducia, vedeva in me la Céline Dion italiana; Massimo Luca, che aveva appena prodotto il successo di Gianluca Grignani, scrisse la canzone *Senza te o con te* e produsse il mio primo disco; Lucio Fabbri firmò gli arrangiamenti. Registrai nell'importante Metropolis Studio di Milano. Avevo semplicemente tutto. Tutto ciò che avevo sempre desiderato. Mi sembrava di vivere in una fiaba. Spesso, nel primo periodo di lavoro, poiché non ero abituata, mi addormentavo di sera sui divanetti dello studio. La grande famiglia della Sony ha determinato il mio carattere, perché mi sono formata con loro, musicalmente e umanamente. Quanti nomi conservo nel cuore: Paola, Luca, Maiorino. Addetti stampa, telefonate che mi dicevano che posto occupavo in classifica, il disco d'oro con 50.000 copie vendute dopo solo poche settimane, il tour in Italia e in Sudamerica. Ero al centro delle attenzioni di un'azienda. Sentivo, però, fin dall'inizio che si trattava di una famiglia che avrei perso, che non sarebbe stata per sempre. Però ciò che essi mi hanno dato è stato per sempre. Hanno realizzato il mio sogno. È stato così anche per le altre famiglie musicali che ci sono state successivamente: importanti, formative, essenziali, fondamentali, ma a tempo determinato. Perché l'arte è un po' così: deve morire per rinascere, deve finire per ricominciare con nuove persone, nuove esperienze. All'inizio fu tutto molto bello, ma quando le cose accadono velocemente, devi imparare anche a gestirle, perché rischi di fare pasticci. Ricordo che la mitica Paola Neri un giorno mi disse: «A' chicca, sappi una cosa, ci sono già passata con più di un cantante, fra un po' si accenderà un pallino rosso. Quando s'accenderà tu inevitabilmente te la tirerai e perderai il contatto con la realtà. Non è colpa tua, ma ti stiamo dando così tanta importanza che tu, inevitabilmente, ti sentirai al di sopra degli altri. Quando te ne accorgi tu fai una cosa: scendi da sola!». Io mi dicevo: «Io? Ma no! Sono così umile e semplice! Non s'accenderà mai e poi mai il pallino rosso». Tornai a casa dopo lunghi viaggi, ero all'apice della mia carriera. Mio padre fece una cena e preparò per secondo bistecca e insalata. Le avevo sempre mangiate in passato. In quel periodo, però, arrivavo da ristoranti dove la carne era spettacolare e questa bistecchina, a confronto, mi sembrava niente. Dissi: «Che schifo! Ma questa è carne? Questa è plastica! È gomma! Che è?». Lo dissi probabilmente con un'atteggiamento così snob e antipatico che mio padre mi diede uno schiaffo e mi disse: «Adesso ti alzi e vai a letto senza cena, pensando alla stupidaggine che hai detto. Questa bistecca t'ha fatto diventare quella che sei. Hai mangiato sempre questa, quindi se devi tornare qua fammi tornare Annalisa, la Minetti lasciala fuori!». Piansi per tutta la notte, non per lo schiaffo, ma per le parole. Avevo deluso mio padre e me stessa. Mi vennero in mente, subito, le parole di Paola. S'era acceso il pallino rosso. Scesi dal piedistallo subito. Da sola. Da quel momento non ho più perso il controllo.

La famiglia della musica, nel tempo, ha cambiato volti ma non i criteri con cui si muoveva. Sono cambiati i produttori, le case discografiche, però il sistema era lo stesso ed era facile ambientarsi nuovamente, perché gli obiettivi erano gli stessi: far arrivare a tutti la mia musica.

Eppure nel mio percorso musicale chi mi ha lasciato un segno indelebile è stata una giovane ragazza che con la musica non c'entrava niente: Serena. Quando partecipai a 'Music Farm', durante la puntata in studio era previsto l'intervento dei fan. Fra i miei c'era anche una giovane ragazzina molto simpatica. Riccardo Fogli mi diceva sempre: «Ma come è carina e intelligente la tua fan e con quanta determinazione ti difende!». Finito 'Music Farm', me la ritrovo ad un mio concerto, poi ad un altro, poi ad un altro ancora. Decisi di incontrarla e le chiesi: «Scusa, tu giri l'Italia per seguirmi, ma il concerto è sempre lo stesso». Lei mi rispose: «No! Tu non canti mai allo stesso modo, dai sempre una sfumatura diversa, mi doni sempre qualcosa di nuovo». Questa sua risposta mi sorprese e la invitai ad uscire. Conobbi meglio questa giovane universitaria e, immediatamente, trovai una grande sintonia con lei. In quel momento avevo bisogno di un'assistente e, d'accordo con mio marito, le chiesi di lavorare per me. Mi sembrava adatta sia emotivamente sia dal punto di vista dell'intraprendenza. Non credo di aver mai avuto un'assistente così capace di leggere le mie esigenze senza parlare. Era me eppure se stessa, aveva l'amore di un fan ma con l'intelligenza di dover fare l'assistente. Condividendo intere giornate insieme, da assistente poi è diventata anche la mia più cara amica.

Musicalmente fu il momento più bello della mia vita perché mi divertivo a fare questo lavoro. Lei studiava scienze della comunicazione e, durante i viaggi in auto, studiava e ripeteva a voce alta. All'inizio le dicevo: «Che noia, Sere!». Poi cominciai inconsapevolmente a studiare con lei, ad assimilare mentre ascoltavo. Un bel giorno, trovandomi al GEF, il Festival Internazionale delle Creatività nella scuola, cominciai a parlare ai giovani di Dante, Paolo e Francesca, tutte informazioni che avevo sentito da lei. Quando scesi dal palco la trovai in lacrime: era commossa perché era riuscita a trasmettermi la cultura. Grazie a lei ho ricevuto l'*honoris causa* in scienze della comunicazione. Quattro anni trascorsi con lei fra lavoro, risate, emozioni, idee per sorprendere il pubblico (come la parrucca di Sanremo dalla A alla Z del 2007). Oggi Serena è diventata una giornalista e dirige una nota rivista, si è fidanzata con il mio chitarrista, e proprio per non confondere lavoro e amore non è più la mia assistente. All'inizio ci rimasi male e ci allontanammo per un po'. Ma l'amore è amore e, prima o poi, ritorna sempre. Lei è l'unico 'familiare' di lavoro che non andrà mai via, fra queste famiglie che vanno e famiglie che vengono (nel lavoro!).

Dietro il mio orecchio c'è tatuata una G: è la G di Genny, mio marito. Spesso ascolto le coppie che raccontano il momento in cui si sono conosciute, parlano di amore a prima vista, del famoso colpo di fulmine, di qualcosa sentito dentro al cuore e penso: «Non è proprio il mio caso!». All'inizio, infatti, nutrivo per mio marito una profonda e sincera antipatia.

Ero a Napoli da un'amica, in vacanza. Lei spesso era impegnata e così mi presentò un suo amico, 'nu' bravo uaglione', col quale andare un po' in giro per la città. Era Gennaro, un calciatore. Subito si mostrò scherzoso e divertente. Le mie amiche dicevano che era molto carino, ma a me non risultava simpatico, forse perché in quel momento non ero predisposta ad aprirmi agli altri. Pertanto, dopo il primo giorno, dissi alla mia amica: «Toglimelo di torno!». Non lo sopportavo per niente. Volevo evitarlo ma lui non mollava.

Entrambi venivamo da storie finite male. Io ero innamoratissima e fidanzata da molto tempo con un ragazzo che pensavo fosse l'uomo della mia vita. Lui, però, decise di chiudere il fidanzamento perché non si sentiva pronto ad abbracciare la mia disabilità: sapeva che con me avrebbe avuto una moglie e, nello stesso tempo, una figlia. Era già spaventato all'inizio, ma pensava che con il tempo avrebbe superato questa paura. Fu onesto, rispettando i miei e i suoi sentimenti, ma io entrai in una profonda crisi. Anche Genny veniva da una storia che lo aveva provato molto.

Durante il mio soggiorno a Napoli, di tanto in tanto incontravo questo Gennaro, che un bel giorno mi disse: «È strano dirtelo ma tu mi hai fatto tornare a sorridere. È un dono. Solo per questo voglio conoscerti meglio».

Primo colpo (all'anima).

Pensai: «Però è profondo!». Quasi mi pentii di averlo giudicato subito male e decisi di frequentarlo. Stavamo bene insieme e ci divertivamo molto, ma come semplici amici. Perché non era scattata alcuna molla, non si era accesa nessuna scintilla.

Ritornai a Milano. Continuai a sentirlo di tanto in tanto. Quando scendevo a Napoli, a volte riuscivo a vederlo, altre volte no perché, essendo calciatore, spesso era in ritiro. Cominciavano ad interessarmi tanti aspetti di lui: era serio e gli piaceva ballare la salsa. Insomma cominciava a piacermi. Io cercai anche, ad un certo punto, di spingermi oltre ma (udite, udite!) non si concedeva. Mi disse che non poteva fare un passo in avanti, sapendo che io pensavo ancora ad un altro. Mi disse: «Quando ti sentirai innamorata di me, tutto verrà più naturale».

Secondo colpo (alla mente).

Questi suoi aspetti così valoriali e profondi facevano crescere la stima per il 'bravo uaglione'. Ma aveva ragione. Io pensavo ancora al mio ex fidanzato. Così, non volendo fare del male a lui e a me stessa, decisi di tagliare ogni tipo di rapporto e di non sentirlo più.

La decisione durò poco, perché cominciò la nostalgia. Lo chiamai e lo invitai a Milano. In risposta ebbi un freddo: «Sì, ci penso, poi vediamo…».

Terzo colpo (in piena faccia stavolta)!

Non ci ho visto più dalla rabbia (che detto da me suona sempre divertente!), non mi aspettavo questa sua reazione.

In più mi aveva detto che era a cena con una donna: una hostess. Ma era solo un'amica... una hostess... ma non bellissima. Chi sa perché queste amiche 'non belle' degli uomini poi nel tempo diventano bellissime. Si trasformano nel corso degli anni oppure gli uomini sono un po' come Pinocchio?

Tuttavia un bel giorno bussano alla porta di casa mia a Milano. Era lui con fiori al seguito. Mia mamma dice: «Ma chi è 'sto bel ragazzo? Sembra un arabo!». Io corro da lui. Sta parlando con mio padre: speriamo che gli piaccia. Cosa si staranno dicendo? E bene, Gennaro stava chiedendo a mio padre, ispettore di polizia stradale intransigente che avrebbe multato pure moglie e figli in caso di infrazione, di aiutarlo a recuperare la patente che gli avevano appena ritirato venendo da me.

Quarto colpo (dietro la testa).

La tragedia si stava per abbattere su di me. Pensai: «Con questo inizio, mio padre non lo accetterà mai! Mio caro Genny, ti sei firmato il foglio di via». E invece mi sbagliavo. Ci fu subito una grande simpatia.

Sentivo, ogni giorno, sempre più insistente una vocina dentro che mi diceva: «È lui!». Non c'erano particolari batticuore, ma ero convinta. Ci fidanzammo. Con lui mi sentivo sicura. Era mio, solo mio. Dopo un anno abbiamo deciso di sposarci. Il resto è storia: io vestita di bianco che avanzo verso l'altare, senza paura di cadere questa volta. Mi prendeva come sua sposa 'davanti a Dio e alla luna bianca signora' come dice la canzone di Baglioni.

Quinto colpo (al cuore!).

A questo punto ci dovrebbe essere un 'e vissero per sempre felici e contenti'. E invece no! Felici e contenti sì, ma non sempre: il matrimonio è sacrificio, e ti mette alla prova ogni giorno. Va preservato, custodito, difeso, alimentato. All'inizio sei 'cieco' e non vedi i difetti dell'altro, li scopri pian piano. E noi, avendo avuto un fidanzamento non lunghissimo, abbiamo dovuto affrontare tutti i problemi che non si erano manifestati prima delle nozze. Abbiamo dovuto salvare il nostro matrimonio più di una volta. Poteva finire in qualsiasi momento! Valigie e via... riprenderci le nostre vite separatamente, ma siamo rimasti e abbiamo combattuto.

È forte chi rimane, non chi se ne va.

Io sono molto fedele e credo molto nel valore della famiglia. Lui è figlio di genitori separati e, pertanto, teme il fallimento del matrimonio. Spesso il nostro equilibrio viene messo in pericolo dalla nostra diversità. Io troppo maschiaccio, con la continua paura che qualcuna me lo porti via, metodica e tradizionalista, non urlo ma soffro: sono l'amore d'inverno. Lui così orgoglioso, attento ad ogni singola parola, libero: è l'amore di primavera. Spesso, però, lo comprendo. Una volta mi ha detto: «Tu aiuti tutti, ma non ti preoccupi mai di me».

Sesto colpo (allo stomaco!).

Aveva ragione. Perché mi sembra forte a tal punto da non aver bisogno di niente. Condividere una vita con me non è facile. Ma, al di là di alcune incomprensioni, il sentimento che ci lega c'è sempre ed è forte. Ed è stato rafforzato smisuratamente quando è arrivata la notizia che aspettavo un bambino.

Settimo colpo (a tutto!).

Il mio bambino si chiama Fabio come mio fratello. Per me è stato come donargli un 'successore', dandogli il suo nome. A dire il vero aspettavamo una femmina, che avremmo chiamato Beatrice (infatti mio marito mi chiamava Bea). Io ho capito di essere incinta già dal primo giorno perché mi sentivo straordinariamente bella, la più bella del mondo, piena di luce. Quando si è in dolce attesa ci si veste di un'allegria contagiosa e, talvolta, stravagante. Ricordo che quel giorno andai con mio marito dal medico, per altri motivi e...

– Dottore, posso fare un'ecografia?

– Ora no. E poi perché dovrebbe?

– Perché io mi sento incinta. Mi guardi negli occhi, veda se c'è la luce.

– Signora Minetti, faccio il medico mica il veggente!!!

– Lo so. Ma io vorrei sentirmelo dire.

Che figuraccia! Ho dovuto pazientare un mese, durante il quale tanti piccoli segnali mi dicevano che lui c'era. E alla fine: «Signora Minetti, lei è molto incinta!».

Quando c'è stata la prima ecografia mi sono commossa, perché tutti dicevano che era bellissimo, ma io non potevo vederlo. Non ho voluto fare l'amniocentesi per scelta. È ovvio che il primo pensiero, per tutti, è stato: e se anche il bambino ha qualche problema? Risposta mia: «Chi se ne frega!». Avevo il mio punto di vista. Io non sono 'sana' e se mia madre avesse visto il mio problema e avesse preso una scelta 'diversa' io mi sarei persa questa vita. Volevo quel bambino in ogni caso. Non è vero che se generi un bambino con problemi di salute lo metti al mondo solo per soffrire. Si può essere felici ugualmente. Se il mio bambino avesse avuto qualche tipo di difficoltà gli avrei insegnato a superarla, come i miei genitori hanno fatto con me.

Sentivo, dentro di me, che era maschio e forte, perché mi permetteva di fare tutto: viaggiare, fare sport, anche prendere l'aereo. Esattamente! Anche l'aereo perché, al settimo mese di gravidanza, squilla il telefono. «Sono Claudio Baglioni!», disse la voce. «Sì! E io sono Laura Pausini!», avrei voluto rispondere, ma non lo feci. Ascoltai lui, il mio mito. Voleva che andassi a cantare con lui a Lampedusa per O'Scià, il festival da lui ideato e diretto, che ha lo scopo di sensibilizzare la gente sul problema dell'immigrazione clandestina. Risposi immediatamente di sì.

Solo quando attaccai il telefono mi resi conto che avevo un pancione che faceva provincia, e che mai nessuno mi avrebbe permesso di salire su un aereo. Mi misi a riflettere e feci il mio primo discorso serio con mio figlio: figlio mio, qui si tratta di Baglioni. Noi ci dobbiamo andare. Tu te ne devi stare buono buono. Non farti venire strane idee perché lì siamo a Lampedusa, dobbiamo attraversare il mare. Con calma ce la possiamo fare.

Partiamo io più il pancione. Pochi secondi prima di salire sul palco mi scappa la pipì. Eravamo in spiaggia. Potevo farla lì... ma c'erano tutti: giornalisti, staff, artisti e in più tutti i Neri per caso che si erano esibiti prima di me. Non era il caso. Mi portarono nella tenda di Claudio e come dire... la feci... in un bicchiere... che lasciai lì... Spero non sia venuta sete a nessuno!!!

Claudio presentò al pubblico di Lampedusa me e il mio accompagnatore fisso, con cui vivevo da sette mesi, e mi disse che a questo bambino avrei potuto dire: o'Scià, parola del dialetto locale che significa fiato mio, mio respiro. Io risposi che al mio bambino avrei anche insegnato ciò che si insegna al Festival O'Scià: la speranza.

Quello fu il debutto di Fabietto, che, due mesi dopo, venne alla luce, dopo un lunghissimo travaglio. Tutti eravamo diretti in Puglia perché avrei partorito lì, ma lui ci ha bloccati a Roma. Ovviamente tutti i momenti fondamentali della mia vita sono sempre molto divertenti. Già nel pomeriggio avevo avuto le prime contrazioni ed ero andata in ospedale per ben due volte, ma poiché non erano frequenti fui rimandata a casa. Io e mio marito quel giorno entravamo e uscivamo dall'ospedale. Ma d'altra parte Genny aveva provato più volte il percorso per arrivare in ospedale nel minor tempo possibile. Alle ore 21.00 dolori enormi, tanto che solo per arrivare all'auto impiegai un'ora. Arriviamo nuovamente in ospedale, dove ormai eravamo di casa. Io parlavo con Gesù, mio marito litigava con la porta che non si apriva e protestava: «Io non capisco perché in un ospedale tengono la porta chiusa...».

Fino a che la signora accanto a noi, guardandoci come fossimo strani, gentilmente ci disse: «Veramente la porta d'ingresso è quella accanto, non quella che state buttando giù». Proseguiamo. Comincia il mio lungo travaglio di sedici ore. Ogni volta chiedo a Genny:

– Genny, quanto manca?

– Sempre meno di prima, amore.

– Grazie! Sei proprio d'aiuto.

Io in ospedale piangevo. Chiamavo mia madre e dicevo: «Mamma, corri».

Mia madre, che era in viaggio verso Roma, piangeva in treno.

Dicevo a chi mi stava intorno che le carezze erano molto gradite, ma sarebbe stato ancora più gradito qualcosa per calmare i dolori. Mio marito era lì.

– Genny, non ti sopporto più. Vatti a fare un giro, vai. Vai dove vuoi, ma vai!

– Amo', ma io ti aiuto!

– Ma che mi aiuti e aiuti. Il bambino lo devo fare io!

Arrivano mia cognata e Manuela Villa. Tutte e due in coro:

– Non ti preoccupare. Devi respirare. Ci siamo passate tutte. Respira profondamente.

Solo dopo scoprirò che entrambe avevano avuto il parto cesareo!!!

Tutto questo trambusto poi si è trasformato in silenzio quando Fabietto è nato.

Non volevo che nessuno lo toccasse. Era mio. Molti si chiederanno: non ti è pesato non vedere tuo figlio? No! Perché non serve vedere tuo figlio. È un legame così forte, selvaggio, naturale, che per me è come vederlo sempre.

Mi sono scoperta una brava mamma ma, permettetemi la presunzione, ero sempre stata convinta che sarei stata una buona madre. Lo prendevo. Lo cambiavo. Era mio. Era naturale ogni singola manovra. Era un istinto animale. Seguivo il mio istinto. Non volevo lasciarlo a nessuno. Poi quando di notte ha cominciato a non farmi dormire mi sono detta: «Annalì, forse è meglio se, ogni tanto, lo lasci prendere da qualcuno, se non altro per dormire un po'». Allattarlo è stato semplice. Più difficile ingegnarmi con la pappa. Io ho sempre avuto l'immagine di quelle mamme che seguivano i figli con il piatto in mano. Se avessi fatto così, sarebbe stata la fine! Perché una mano mi serviva per il cucchiaio, l'altra per toccarlo e sapere dove fosse la bocca. Non volevo l'aiuto di altre persone.

Desideravo impegnarmi e riuscirci. E ce l'ho fatta da sola, o meglio, non sola soletta, perché c'erano i Teletubbies. Fabietto dal seggiolone s'incantava a vedere in tv quei simpatici pupazzi colorati, e io lo imboccavo serenamente. Teletubbies in tv, un dito sul mento e con la mano lo imboccavo. Poi pian piano ha imparato a guidare lui la mia mano ed è diventato indipendente. È cresciuto ed oggi è un ometto di quattro anni, responsabile e affettuoso.

È Fabio. È mio. È la mia vita. Il mio respiro. È o'Scià.

Una di famiglia

Amo la mia casa.

Amo le case in generale.

Amo, soprattutto, la metafora della casa.

Le mura che ti proteggono; le porte che si aprono per il benvenuto e si chiudono per l'arrivederci; le finestre che danno sul mondo e permettono al sole e al vento di entrare; le voci e i rumori, mai sconosciuti, che la popolano.

La casa è la famiglia.

La casa è il nostro mondo personale.

Le mura di casa mia sono di colore arancione. Anche le tende.

Così, di giorno, con la luce del sole, c'è un'esplosione di calore dorato, e a sera, quando il sole tramonta, c'è un arancione intenso, come il fuoco di un camino, che ti riscalda.

Io non posso vederlo ma so che quando apro la porta agli ospiti, questi vengono accolti da tanti cuoricini.

Anch'io mi sento arancione.

Insieme il colore della terra e il colore del cielo al tramonto.

Annalisa è arancione.

Annalisa è una di famiglia.

G

GIALLO
Libera in volo

Omero si diverte a definire la velocità di Iride: *Piede di vento, piede di raffica, piede di turbine.*

Io la comprendo Iride. Anch'io vado sempre di fretta. Odio aspettare! Voglio essere veloce e fare tutto e subito.

Nella vita ho sempre corso talmente tanto che, alla fine, sono arrivata anche a correre in pista, da atleta. Così, da qualche anno, anche il mio piede, come quello di Iride, è di vento.

Ma non solo di vento. Sul piede sinistro ho voluto farmi tatuare un rosario.

Dicono che non è opportuno tatuare immagini relative alla fede o a Dio negli arti inferiori del corpo. Ma io l'ho voluto fare. Ne sentivo l'esigenza, anzi ne sentivo il desiderio. Questo rosario, che occupa il collo del piede e si avvolge, con i suoi grani, alla caviglia, rappresenta una dedicazione a Gesù e mi ricorda sempre una verità: corro grazie a Lui.

È Lui che ha voluto per me questa nuova sfida ed è Lui che mi guida in queste nuove emozioni.

È in Lui la mia velocità.

Lo so da sempre, da quando tutto, per gioco, è cominciato…

Ho sempre fatto sport a livello amatoriale, perché mi aiutava a tenermi in forma e, nello stesso tempo, mi permetteva di sfogare le mie fragilità nascoste. Preferisco non dirlo ad alta voce ma... la perdita della vista qualche fragilità in più me l'ha causata. Anzi sarebbe più corretto dire che io mi sono abbandonata ad alcune fragilità quando ho perso completamente la vista. Pertanto mi sono rifugiata nello sport, unico momento che avevo per scaricare quei dolori quotidiani accumulati che non avrei saputo buttare fuori in altro modo.

Ho praticato tanti sport, diversi fra loro, e ho capito da subito che, per ovvi motivi, dovevo viverli da protagonista! Non potevo 'vedere' una lezione di step né seguire una lezione di fit box o di spinning. Non potendo vedere, dovevo diventare io la leader della disciplina. Io non potevo seguire loro, ma loro, se avessi imparato, potevano seguire me. Di conseguenza dovevo essere io la docente. Così, munita di quella buona volontà che non mi manca mai, ho frequentato corsi di formazione per diventare trainer. Ho cominciato a girare intorno allo step, a calciare e tirare pugni al sacco a tempo di musica e pian piano, aiutata anche dalla mia particolare propensione a 'gestire' e a 'non essere gestita', sono diventata esperta di quelle discipline che mi entusiasmavano tanto.

Da insegnante ero io a impartire gli ordini, quindi non potevo temere la mia cecità. Erano gli altri a dover entrare nel mio mondo e non io a provare il mondo degli altri. E io volevo portarli nel mio mondo. Forse così avrei anche superato quell'apparente senso di insicurezza che sentivo, ma che non ho mai mostrato, sembrando sempre determinata.

Ognuno di noi, al di là delle apparenze, si porta dietro le sue paure.

Quando sono in vacanza, non resisto troppo tempo sulla sdraio a prendere il sole. E allora mi informo per allenarmi e fare attività di movimento tutti i giorni. E spesso, con straordinaria e disarmante semplicità, chiedo ai referenti dei villaggi di poter tenere io le lezioni. «Signora Minetti, abbiamo già i nostri animatori che tengono le lezioni!», spesso rispondono. E io: «E mandateli in vacanza!». Così simpaticamente riesco sempre a strappare qualche lezione.

Accadde così anche al Lido del Finanziere di Roma. Un pomeriggio mi stavo annoiando e mi sono proposta per fare una lezione di idrobike.

Al termine della lezione un ex atleta professionista della Guardia di Finanza, Renato Agostinoni, mi disse: «Secondo me hai un grande potenziale anche nella corsa. Perché non provi i 1500?». Già da un po' di tempo io e mio marito Genny ci divertivamo ad allenarci, nella corsa, su lunghi tratti. Ovviamente con calma e senza tempo. Ma arrivavamo a fare anche 18 km. E allora pensai: «Faccio 18 km, che mai saranno 1500 metri! Ci provo!». E così abbiamo fatto il test a Villa Spada, in Guardia di Finanza. Mollai venti metri prima dell'arrivo pensando: «Stavolta muoio!». Marcello Capotosti, che mi stava guidando, portandomi ad una velocità che io non avevo mai sperimentato prima, mi disse che c'era della stoffa e che, lavorando costantemente, avrei potuto sperare di migliorare. Poi la proposta: «Proviamo a fare delle gare regionali? Ma molto semplici... niente di che... tanto per metterci alla prova... per gioco... senza impegno!». Io, che amo le sfide, ho detto: «Sì!». E così sono partita da un 'proviamo senza impegno' per ritrovarmi, dopo un anno e mezzo, alle Olimpiadi!

In volo con gli angeli

Quando corro vivo in una dimensione diversa, che io chiamo 'in volo'. Solamente in volo riesco a staccarmi da tutto. Anche se intorno a me ci sono cose che non vanno bene, quando sono in volo non le avverto.

Tuttavia non volo sola. Con me c'è sempre un compagno di 'volo'.

La mia guida è Andrea Giocondi. Per il mondo è un atleta italiano specializzato nel mezzofondo, per me è un angelo custode.

Andrea cura i programmi del mio allenamento e corre con me. Io non posso correre da sola, è lui che mi guida. L'atletica è uno sport individuale ma, nel nostro caso, diventa un gioco di squadra. In gara diventiamo una sola persona. Siamo legati da un cordino ai polsi. La mia gamba destra è poggiata alla sua gamba sinistra, il mio braccio destro al suo braccio sinistro. Sembra che metà del mio corpo appartenga alla metà del corpo della mia guida. Ci sono tre gambe, non quattro: due, infatti, sono un'unica cosa. Dobbiamo correre insieme per tutto il tempo, senza mai perderci.

Il ruolo della guida è molto difficile: non deve soltanto essere un bravo atleta, deve essere dotato anche di una particolare sensibilità. Deve avvertire quello che sento soltanto guardandomi: se sono stanca o se posso ancora sforzarmi. È un feeling che nasce da diversi ingredienti: il tempo, la professionalità, la conoscenza, l'affetto, un talento particolare e, soprattutto, la fiducia.

La fiducia, sopra ogni cosa, si conquista pian piano, nello sport come nella vita. Anzi devo ammettere la mia colpa: sono un po' come san Tommaso! Non credo se prima non ho sperimentato personalmente. E così è stato nello sport. Prima di donare la totale fiducia a chi mi guidava, dovevo superare il dubbio. Ma quando, poi, ho visto davanti agli occhi (mai espressione fu più adatta a me!) i risultati, allora mi sono affidata alla volontà del mio coach e sono diventata disciplinata. O meglio, non sono sempre ubbidiente, ma gestibile sotto tanti punti di vista. Tuttavia resto sempre un cavallo pazzo. D'altra parte Andrea mi dice sempre: «Tu sei matta! Ma se non fossi matta non potremmo avere questi risultati!».

Oggi posso dire che con Andrea non ho un rapporto di collaborazione sportiva, ma di fiducia e di amicizia. Andrea ha il ruolo, o meglio la responsabilità, di farmi rimanere in corsia, di sorpassare senza toccare gli altri atleti e le loro guide, di gestire la mia gara e la mia corsa, di mantenere la coordinazione. Un suo errore può farci giocare la gara. Con lui condivido molto tempo per gli allenamenti, i ritiri, le gare, l'attesa dei risultati, la sfiducia quando non c'è miglioramento e le crisi di demotivazione durante le quali pensi di non saper più correre. Da tutti questi tasselli è nato un forte sentimento di affetto. Voler bene alla persona con cui condividi questa sfida è fondamentale: aumenta la volontà di raggiungere l'obiettivo. Sono sicura che un rapporto lavorativo, sportivo o artistico che si fonda sul bene, oltre che sulla stima e la professionalità, riesca a raggiungere grandi obiettivi.

In una delle ultime gare io ero veramente molto stanca e ricordo che Andrea, dopo essersi accorto che stavo per mollare, mi disse: «No! Ti prego. Me lo devi! Me lo devi per il bene che ti voglio. Fallo per me!». Sentire un uomo, un atleta, un amico che in quel frangente, quasi con le lacrime agli occhi, fa appello non alla professionalità, non alla vittoria, ma all'affetto che ha per te, è stato, per me, un traguardo umano indimenticabile. E allora sono andata in progressione e ho vinto. Ho vinto per lui. Non potevo arrendermi. Se lui non si era arreso, io non potevo arrendermi.

Con Andrea ci sono tanti collaboratori che mi seguono in giro per l'Italia: Marco a Milano, Enzo e Mario a Napoli, Leo in Puglia. Io mi sposto spesso per motivi di lavoro e questi 'angeli custodi', coordinati da Andrea, fanno in modo che io non perda mai l'allenamento, in qualsiasi posto mi trovi. Non conduco la vita che conduce un atleta canonico che, dopo gli allenamenti, torna a casa, segue una particolare dieta ecc. Anzi, per certi versi, io conduco uno stile di vita totalmente diverso. Teoricamente con il mio stile di vita non dovrei raggiungere buoni risultati. Eppure materialmente li raggiungo, perché, come dice Andrea, il mio talento non sta nella tecnica, sta nella forza di spirito, che diventa anche forza fisica. «Sei un animale!», mi dice. Lui mi considera un animale. Io lo considero un complimento.

Anche se in corsa sono accompagnata dalla mia guida, io, però, mi sento totalmente autonoma. Non ho bisogno di nessuno. È come se lo sport mi avesse restituito autosufficiente. È un pensiero per certi versi contorto, ma è così.

Non mi sento legata, neanche dal cordino.

Mi sento libera in volo.

Il cordino Vito

Il mio cordino ha un nome. L'ho chiamato Vito come mio nonno, Vito Facchini. Era appassionato della 'Gazzetta dello Sport'. Ogni mattina la prima cosa che faceva era prendere la 'Gazzetta', e puntualmente diceva, con il suo dichiarato accento pugliese: «Non tegn manc nu nipot atlet, ch'fash u calciatour, ch'fush, ch'fash...» (traduzione: Non ho neanche un nipote atleta, che fa il calciatore, che corre, che fa...). E io ribattevo: «Nonno, ma faccio la cantante! E tutti i tuoi nipoti hanno seguito una strada ben precisa, siamo tutti realizzati!». E lui: «Eh, ma iì iess'c matt pu sport, manc nu nipot p'vdè na partit' iav'c» (traduzione: Eh, ma io sono appassionato di sport, neanche un nipote per vedere una partita ho!). Quando ho iniziato a correre e ho letto il primo articolo sulla 'Gazzetta dello Sport' che parlava di me, ho subito pensato a lui, che era venuto a mancare da poco tempo, e mi sono detta: «Ora avrei potuto renderlo felice!». Ho chiamato il cordino Vito e ho promesso che, qualora avessi vinto una medaglia, l'avrei portata a lui. Sarebbe stata sua. Anche perché mio nonno, in un certo senso, continua ad esserci. Quando ho partecipato al mio primo mondiale in Francia, mia mamma, proprio mentre io gareggiavo, sognò il nonno che le diceva: «Oh! Tutto a posto! L'ho spinta io negli ultimi 50 metri. Ha vinto!». E io, in quella gara, ho vinto sugli ultimi 50 metri. Mio nonno, in sogno, aveva detto la verità. E io credo fermamente che lui sia con me quando corro. Potrò sembrare matta ma... Dio esiste, quindi nulla è impossibile! Ed ora, finalmente, nonno Vito ha realizzato il suo sogno: avere una nipote nello sport, nell'atletica leggera.

La chiamano atletica leggera? Ma leggera in che? Mai nome fu meno appropriato! Servono concentrazione, allenamento continuo, forza fisica e mentale, sacrificio e, soprattutto, sofferenza. Perché nella gara io so che soffrirò.

Sì, la sofferenza è amica costante della corsa.

Ma credo che la sofferenza sia amica della vita, in generale.

Quando incontro i giovani nelle scuole, durante appuntamenti motivazionali, io dico sempre: «Non credete a chi vi dice che l'unica cosa certa della vita è la morte. C'è anche un'altra certezza: che soffrirete. Per amore, per salute, per tante altre ragioni che non so, ma so che soffrirete. Ma non abbiate paura. Dovrete essere orgogliosi quando accadrà perché è il momento in cui state crescendo, in cui state prendendo in mano le vostre forze per superare l'ostacolo».

La vita mi ha abituata alla sofferenza fin da piccola. Ma non per questo ne sono immune: tutt'oggi, infatti, temo di soffrire soprattutto per amore. E ho paura di soffrire per il mio bambino. Nelle mie preghiere chiedo sempre a Dio di farmi vivere il più a lungo possibile, perché mi dispiacerebbe lasciare mio figlio. Il piccolo Fabio è in assoluto il dono più grande che Dio mi potesse fare. Mi ha donato un bambino consapevole, sensibile, allegro, intelligente, cosciente nei confronti della vita.

Nella corsa, invece, temo la sofferenza perché sono certa che ci sarà, ma servirà per superare il limite. Per questo dico a quanti mi sono accanto: «Non abbiate pietà di me!». Dicendolo alla guida è come se lo dicessi a me stessa, è un incitamento. So che devo superarmi e che la paura di soffrire è un limite.

La sofferenza più grande si annida negli ultimi metri della corsa. Ma è proprio in quegli ultimi metri, mentre ti inciti a combattere indipendentemente da come andrà, a spingerti oltre e a superare il limite, che quel momento di sofferenza ti porta alla gioia, perché ottieni un risultato, e sei cresciuto.

La sofferenza nella vita mi fa crescere come donna.

La sofferenza nella gara mi fa crescere come atleta.

Se ce l'ha fatta lei...

Prima di ogni gara ho paura e sono tesa. A ciò si aggiungono il mal di stomaco e un senso di nausea e la solita frase che dico ad Andrea: «Se vedi che non respiro, fermati! Io ho un bambino a casa, non voglio morire in pista!». Ovviamente Andrea non risponde, ma sento che sorride per la mia reazione eccessivamente drammatica. Mi faccio il segno della croce e mi affido a Gesù dicendogli: «Non mi abbandonare». Le stesse parole che Lui disse al Padre. Solo che Lui, a dire la verità, era in una situazione ampiamente più complicata della mia.

Poi parte lo sparo. E parto io. E non ce n'è per nessuno, non mi fermo più: per fermarmi devono spararmi! Devo ammettere di essere molto determinata, non do alcuna importanza a ciò che accade intorno a me e le mille voci dello stadio fanno da sottofondo. Ma le voci familiari non si confondono mai con le altre, le senti e ti servono da incoraggiamento. E io, fra le tante voci, cerco di sentire, ovviamente, la voce di mio marito e quella del mio bambino che grida: «Mamma,

mamma, vinci la medaglia!». Non sempre riesco a sentirli. Tuttavia ascolto immancabilmente la voce più forte, quella di dentro, che mi fa sentire speciale, forte, emozionata: la voce di Dio.

Nei primi due giri non penso a nulla, sono totalmente concentrata sul ritmo e ascolto le raccomandazioni del coach: respira meglio, stai sui piedi, abbassa le spalle, rilassati, non spingere. Poi Andrea mi chiede la progressione e io, andando in progressione, prego: «Signore, dammi la forza, la velocità, l'energia, per me e per gli altri». Dico proprio queste parole, perché io corro veramente per me e per gli altri. La soddisfazione personale, senza ombra di dubbio, c'è. Ma se fosse fine a se stessa, sarebbe banale e poco costruttiva. Appena mi dicono che ho vinto o che ho fatto un buon tempo, infatti, sono soddisfatta per gli altri, ossia per quanti penseranno: «Se ce l'ha fatta lei, ce la posso fare anch'io». Non solo nella corsa, in tutto. Questo è quello che voglio. La mia vittoria ha un valore se è un messaggio per gli altri.

E di bei traguardi/messaggi ce ne sono stati. Ho conseguito il record italiano nei 1500, negli 800 ho pareggiato il record italiano già esistente. A livello mondiale ho realizzato la miglior prestazione mondiale negli 800 metri e, a seguire, la miglior prestazione mondiale nei 1500. A distanza di un anno da quando ho iniziato, ho conseguito il record di primatista mondiale nei 1500.

Di gare ce ne sono tante e, ovviamente, le porto tutte nel cuore. Ma, spesso, non contano le vittorie: sono tutte uniche e, quando le termini, già dal giorno successivo devi ricominciare da capo per migliorare il risultato ottenuto.

Sicuramente una delle gare che mi hanno emozionato di

più è stata quella in cui ho ottenuto la miglior prestazione mondiale sugli 800, la prima vera gara ai fini olimpici. In quella occasione abbiamo capito che si poteva andare avanti. Eravamo in Francia. Con mio marito Genny siamo arrivati qualche giorno prima. Sentivo un po' di tensione perché avevo partecipato a tante piccole gare, ma ora, per la prima volta, sperimentavo una gara utile per qualificarsi alle Olimpiadi. Di conseguenza avevo uno scopo ben preciso: fare il minimo olimpico.

Tuttavia quella tensione fu alleggerita dalla bellezza del posto, pieno di verde, ricco di campi da golf, una cittadina da favola. Quando siamo andati al campo per fare l'iscrizione ho detto a mio marito: «Genny, ho la sensazione che domani succederà qualcosa di incredibile!».

In quel periodo Genny mi stava leggendo *La profezia di Celestino* e aveva portato anche il film, che guardammo di sera. Non vedevo l'ora che arrivasse l'indomani per correre, quella pista mi piaceva. Ero l'unica italiana, ma sentivo un grande sentimento positivo da parte dei partecipanti degli altri Paesi, perché c'era lo stesso comune denominatore: la passione unita alla dignità di autosufficienza.

È iniziata la gara e faceva molto caldo. Io ho indossato i miei numerosi rosari. Siamo partiti. Ricordo la voce di Genny che, da bordo pista, ci dava i tempi dei primi due giri. Andrea mi disse che stavamo andando troppo forte, per cui era opportuno rallentare e poi ripartire. Da quel momento non ricordo più niente, se non gli ultimi 200 metri. Mi sono praticamente svegliata quando Andrea ha detto: «Adesso o mai più!». Mi ha chiesto la progressione e poi… finisce la gara, arrivo al traguardo e sento Genny che dice: «Due minuti,

24 secondi e 76 centesimi». Incredibile! Venivo da un tempo pari a 2 minuti e 32 secondi, quindi c'era stato un miglioramento notevole e insperato. Da quel momento tutti, mio marito *in primis*, abbiamo preso coscienza di poter vivere il sogno olimpico.

Ma, come al solito, i nostri piani non sono quelli di Dio. E Dio decide di affidarci il percorso che ritiene più adatto a noi.

Nel momento in cui già sentivamo il profumo delle Olimpiadi e di una possibile medaglia d'oro (in Francia avevo ottenuto la miglior prestazione mondiale, pochi secondi dopo il record ufficiale!) arriva la notizia: alle Olimpiadi non ci sarebbero stati gli 800! Di conseguenza dovevo restare a casa. Il mio coach si è scoraggiato: vedeva in questo atteggiamento una notevole mancanza di rispetto nei confronti degli atleti! Era quasi arrivato a propormi di cambiare strada. Ma feci una sola domanda: «Quali sono le discipline dove posso avere speranze di crescita?». Mi segnalarono i 400 metri o i 1500 metri. Allora ho detto: «Voglio continuare». Abbiamo scelto i 1500. Non li amavo particolarmente, perché non mi piacciono le lunghe distanze, preferisco la velocità. Ma nella mia vita è sempre andata così: tutte le cose belle erano le più sofferte! Come mio figlio: 16 ore di travaglio per averlo, ma è stata l'esperienza più bella della mia vita.

Quando avevo fatto la mia prima gara nei 1500, immediatamente avevo detto: «No! Voglio gli 800! I 1500 non mi piacciono». E invece ci dovevano essere. Dio ha voluto quei 1500 metri e io li ho accettati e devo ammettere che, poi, il primato mondiale l'ho ottenuto proprio nei 1500. La strada più semplice e che scegliamo non sempre è quella giusta, a volte bisogna affidarsi al volere di Dio, che sa cosa è meglio per noi. Sul mio cammino ci dovevano essere i 1500. Quei 1500 metri che mi hanno portata direttamente alle Paraolimpiadi di Londra 2012.

Il tricolore sventola

'C'è Londra che s'illumina', canto nella mia canzone *In volo.*

E Londra si è illuminata per me a settembre 2012: la mia prima Paraolimpiade.

La mia Italia, il mondo, erano lì a guardare le mie due gambe da Miss trasformate in due gambe da atleta.

I giorni precedenti, nel villaggio olimpico, sono stati molto provanti. Venivo dalle date del tour estivo ed ero un po' bloccata. Eppure mi sono ripresa subito. Quando mi allenavo sentivo i suoni provenienti dallo stadio accanto, ed entravano in me come una musica. Così fortificavo corpo e anima. L'anima a dire il vero l'ho fortificata anche cercando un sacerdote italiano a Londra. E l'ho trovato: padre Carmelo. Non solo mi ha benedetta ma ha, persino, celebrato una messa per me.

Nel villaggio olimpico si respirava una bellissima atmosfera, la voglia di unione, di mescolarsi. E pensavo, ogni giorno, a come sarebbe bello se non ci fosse la differenza fra Olimpiadi e Paraolimpiadi, se ci fosse un'unica e sola Olimpiade, in cui tutti gli atleti, disabili e normodotati, possano condividere questo momento, pur gareggiando divisi.

Perché gli atleti sono tutti differentemente uguali.

Poi è arrivato quel 4 settembre tanto atteso. La forte emozione, prima dell'entrata, mi aveva causato brividi, mal di stomaco, mal di testa. Ma una volta entrata, come un gladiatore all'interno dell'arena, non ho più sentito nulla. Neanche la fatica.

Siamo partiti. Ero determinata. Ho corso con una grande concentrazione: dovevo stare attenta a non stare dietro ad Andrea altrimenti ci avrebbero squalificati. Andrea mi chiedeva continuamente: «Ci sei? Dai che stai andando forte!». Ha parlato continuamente, per farmi la cronaca di tutto quello che succedeva.

Non ho sentito la fatica fino a quando ho udito la voce che annunciava il mio nuovo record mondiale. Dietro quel traguardo c'erano un sogno, anni di sacrifici, le persone che amo, l'autosufficienza ritornata, la musica, mio figlio, c'era tutto. E ho corso forte per tagliarlo, conquistando una medaglia di bronzo, che per tutti noi aveva però il sapore dell'oro, e conseguendo il record mondiale nella mia categoria con 4'48"88.

Eppure non mi sono sentita la 'vincitrice' bensì, come sempre, la rappresentante di un movimento di persone che vogliono essere ascoltate, viste e guardate come atleti, nient'altro che atleti.

Dopo la gara, però, ero molto provata, quasi non mi reggevo in piedi. Ma Andrea mi ha detto: «So che sei stanca, ma non rompere le... biiip...! Con tutta la stanchezza farai il giro d'onore, perché questo pubblico ti ha applaudita per tutti i 1500 metri».

Ed era vero. Ad ogni singolo passo ho sentito il battito delle loro mani, ma soprattutto il battito dei loro cuori. E così, vestita del tricolore, sono ripartita per urlare il mio 'grazie'. E pensavo: «Per te, Fabio, amore mio. Mamma l'ha fatto per te». Dicevo 'grazie' a Gesù per ciò che mi stava donando, ancora. Io, in fondo, la medaglia al collo ce l'avevo già prima di partire: il mio rosario che sentivo muoversi sulla mia pancia durante la corsa, improvvisamente fuoriuscito dalla pettorina dove lo avevo sistemato. Il mio rosario che ho stretto forte alla fine.

Infine c'è stata la premiazione. Sul podio, con me, il mio coach, la mia guida. Abbiamo sudato in due, desiderato in due, litigato in due. Spero che la nostra immagine, insieme, possa esortare gli atleti già 'vissuti' a mettere a disposizione la loro preparazione per aiutare altri ragazzi disabili a vivere questa esperienza.

Ho ricevuto con grinta ed emozione la medaglia. Ho fatto il mio inchino. Poi Andrea mi ha delicatamente spostata, posizionandomi in direzione delle bandiere che venivano alzate.

Il tricolore della mia Italia sventolava. Io non lo vedevo, ma lo sentivo nel cuore.

E così, fra i tanti colori della mia anima, si sono accesi, più degli altri, il bianco, il rosso, il verde... e il bronzo.

Ritmo di corsa, ritmo di vita

Spesso penso che i 1500 metri della gara scandiscano metaforicamente il ritmo della mia vita e, forse, di tante altre vite.

Iniziare la corsa abbastanza velocemente per occupare una posizione e capire, quindi, cosa fare della propria vita.

Una volta occupata quella posizione, non fermarsi, non affondare, ma rimanere a galla e focalizzare la propria attenzione sull'impegno per non essere dimenticati. Io, infatti, ho sempre la speranza e l'ambizione di lasciare un segno in tutti quelli che mi incontrano e di restare, così, nei loro cuori, come un ricordo bello e motivante. Mi piace l'idea che le persone, dopo avermi conosciuta, possano, tornando a casa, parlare di me. Ma non di me Annalisa, bensì di quello che ho dentro, dell'amore che ho comunicato loro, della mia passione per la vita, dell'instancabile voglia di affrontare sfide e trovare soluzioni, della convinzione che solamente guardando in faccia la paura potrai scoprirti coraggioso (altrimenti non lo saprai mai!) e che le cose cambiano se decidiamo di cambiarle. La mia cara amica Imma mi dice sempre che da quando mi ha conosciuta la sua vita è cambiata, perché ha cominciato a guardare le cose con 'occhi' diversi e a cambiare molti aspetti di sé, a fare più cose durante la giornata, senza porsi limiti, ed ora è più felice. Attenzione! Io non credo di essere Wonder Woman! Sono una ragazza normalissima. Ma un messaggio, quando arriva da persone semplici, assume un valore più alto. Un esempio su tutti? Gesù! Non esiste, a mio avviso, migliore comunicatore di Lui. Un leader in-consapevole. Io vorrei essere come Gesù!

Questo preciso momento della mia vita, però, corrisponde agli ultimi due giri di corsa. Nonostante io abbia solo trentacinque anni, sento che questo è il momento in cui devo accelerare per risolvere, il prima possibile, ciò che ho lasciato troppo lento nei precedenti giri: ho perso secondi ed ora ho solo gli ultimi metri per cambiare le cose. Sono gli ultimi giri di quella metamorfosi che è cominciata con la perdita della vista. Devo partire proprio dalla mia vista, che non dovrà essere più 'usata' come una giustificazione per alcuni miei atteggiamenti. Ho ancora pochi metri.

Spero anche che la società di oggi stia percorrendo i suoi ultimi giri e sia vicina al cambiamento, perché, effettivamente, stiamo toccando il fondo. Siamo tutti un po' disillusi, in preda al delirio totale, all'attaccamento smisurato al denaro. Le catene del male sono sciolte! A questo punto o ci arrendiamo e, mollando la gara, non arriveremo al traguardo, oppure ci lasciamo spingere dall'ondata d'amore che viene dall'Alto e tagliamo il traguardo. Io sono positiva e penso che al traguardo ci arriveremo. Arriveremo a pensare che, ora, è il momento di migliorare, di tornare a credere nell'amore. E tutti, anche i miscredenti, ci prenderemo per mano e diremo: «Oh, ragazzi, chiamiamolo come vogliamo… Gesù… Buddha… Maometto… ma è Amore!».

Se ci credi, c'è sempre un traguardo!

Basta solo trovare il ritmo giusto per arrivare a tagliarlo!

Dal tempo al Tempo

5'00"27… 4'55"00… 4'50"55… 4'48"88… 4/4… dare il tempo… tenere il tempo… essere fuori tempo…! La mia vita è scandita dal tempo. Sia nella musica sia nello sport devo continuamente confrontarmi con il tempo. Quando canto devo tenere il tempo altrimenti non canto bene. In pista il tempo è determinante e, talvolta, ossessionante. Quando senti la voce che ti chiama i secondi… 35… 36… 37… allora tu devi combattere contro il tempo e, se vuoi chiudere la corsa a 40, devi accelerare e affaticarti per arrivare prima. Quindi sono sempre a battagliare col tempo.

Nella vita però ho sempre avuto un buon rapporto con il

tempo e, ultimamente, è anche migliorato perché sto cercando di imparare a godere del tempo di 'percorso' più che del tempo di 'traguardo', ossia il tempo che impiego per arrivare ad un obiettivo. Nell'ambito musicale ho sempre avuto un rapporto complicato con i grandi eventi. Ad esempio: lavori tanto per arrivare a Sanremo, arrivi a Sanremo, lo vinci. E poi? Il giorno dopo? È finita! Resta un senso di vuoto. La stessa situazione si verifica in gara: ti alleni tanto, gareggi, vinci. E poi? Allora sto cercando di dare più valore alla strada che alla meta. Così anche nella mia vita privata, nella quale chi ha dato il vero valore al tempo è stato sicuramente mio figlio Fabio. Lui non finisce mai!

L'ho aspettato da sempre. Ero piccola e giocavo a fare la mamma; a sedici anni sentivo l'istinto materno; mi sono sposata e non vedevo l'ora di avere un bambino (ho atteso cinque anni!).

L'ho aspettato per nove mesi, durante i quali ho pensato incessantemente: Fa' che non succeda niente!

L'ho aspettato per sedici ore di travaglio, che non finivano mai.

Poi è nato. Ma non è finita, perché è un'emozione continua, ogni giorno è come se fosse il primo.

Con lui il tempo che passa non mi spaventa.

È il mio miglior rapporto col tempo.

È stato il giusto valore aggiunto al mio tempo.

Sono passata dal tempo al Tempo.

Credo che l'atletica sia entrata nella mia vita per un volere divino. Per questo, quando corro, penso a Gesù. Mi sento parte di un suo progetto, di una sua volontà. Correndo e vincendo io non dimostro di essere forte e brava, io dimostro che non ci sono limiti. Se una persona non vedente riesce a correre e a gareggiare, allora significa che il limite, anche se c'è, si può superare. Ma ci devi credere.

La mia sfida è cominciata un anno e mezzo fa, e sono già numerosi i risultati conseguiti. Chi pensa che io abbia vantaggi, sbaglia. Lo sport è molto meritocratico. Non si arriva primi perché qualcuno ti spinge o perché la pista si mette in discesa solo per te e per gli altri no. Non ti fanno passare avanti perché sei Annalisa Minetti. Tutto quello che ho conseguito è stato frutto di allenamento, impegno e fiducia in un sogno. E quindi voglio che la mia esperienza sportiva sia uno strumento per far capire alla gente quanto meraviglioso sia credere negli obiettivi e realizzarli con impegno e passione. Soprattutto desidero che questo messaggio possa arrivare ai ragazzi. Lo sport è una grande terapia per la vita. I ragazzi con lo sport capiscono fatica, sacrificio, sofferenza, determinazione, tenacia, educazione, disciplina, rigore, elementi che spesso non riescono ad apprendere facilmente perché sono figli di una società troppo malata.

Spesso, se a spiegare queste cose sono i genitori, loro per contrasto le rifiutano. Mentre se fanno essi stessi esperienza, magari in pista, si formano da soli. Ma ovviamente con uno sport corretto e che abbia il gusto solo dello sport e non di altro, come ad esempio il calcio.

Mi guardo bene dal parlare male del calcio (ho un marito ex calciatore!) ma oggi si ha un'immagine sbagliata del calcio. Se fai il calciatore sei famoso, se fai basket meno, se fai ciclismo ancora ancora, se fai atletica leggera non sei nessuno. Il calciatore è figo, è ricco, è bello. Il messaggio che dovrebbe, invece, passare è: il calciatore lascia da piccolo la famiglia quando viene comprato da una società, e si ritrova a crescere da solo, si allena tutti i giorni, fa sacrifici. Questo non lo fanno sapere ai ragazzi.

Lo sport deve essere, come ho detto, una terapia per la vita: saper vivere nel giusto modo, con rigore e rispetto nei confronti della tua passione, dei tuoi obiettivi, senza ascoltare chi ti dice: «È impossibile! Ma che, sei matto? Veramente pensi di diventare...». Perché no? Io ci credo. Nulla è impossibile. Anche se è complicato, ci sono sempre delle alternative a ciò che ti sembra difficile. Come dice mio marito: «Tutto è difficile, prima di diventare facile».

Io dico a me stessa: «C'è vento? Non ti lamentare! C'è una buca in pista? Fa niente! Se riesco così, significa che quando non ci saranno impedimenti sarò ancora più forte!».

Accettare l'ostacolo e superarlo.

Spero che quando gareggio la gente pensi questo.

Gialla come il sole

Dovendo scegliere un colore per la corsa, sceglierei il giallo, perché mi dà la sensazione di qualcosa che non ha peso, leggero. Talmente leggero da poter volare.

E io quando corro volo, mi sento libera.

Anche le mie scarpette sono gialle.

Ma il giallo è anche il colore del sole.

Quel sole che picchia forte quando sono in pista.

La luce del sole è l'unica cosa del mondo esterno che posso percepire con gli occhi.

La luce mi è entrata dentro.

Annalisa è gialla come il sole.

Annalisa è libera in volo.

V

VERDE

Di rabbia, di speranza

Veloce come il vento.

Così era Iride. Sempre pronta a scattare.

Io, però, vorrei chiederle: «Iride, come facevi a volare quando il vento te lo trovavi contro?».

Le farei questa domanda perché per me il vento è un enorme ostacolo. Quando canto mi fa perdere la voce. Quando corro, se me lo trovo di fronte, fatico il doppio. Spesso, quando sono in pista, mi dicono: «Annalisa, vento a sfavore per duecento metri!». Allora io rispondo: «Oh, ragazzi, mi sa che Eolo si allena più di me!».

Tuttavia è proprio il vento, apparente nemico, che alla fine ti fa crescere. È un ostacolo da superare, quando ce l'hai contro. Ma nel momento in cui lo affronti, abbandonando la tentazione di arrabbiarti, allora ti tempri, ti formi, impari a gestire lui e anche te stesso. Il vento diventa, ad un tratto, il tuo allenatore. Spingi più che puoi per vincerlo, e quando poi lui non ci sarà, tu andrai più veloce, perché ti ha allenato al peggio.

Così avviene anche nella vita. Sono i momenti difficili che ti fanno crescere. È il vento della vita.

Di fronte ad un ostacolo, di qualsiasi natura, per quanto lo si voglia affrontare positivamente, la primissima reazione è la rabbia. Nessuno è immune dalla rabbia. Tuttavia è un sentimento che dura pochi secondi, o dovrebbe. Poi c'è la reazione, diversa da persona a persona: chi esplode con violenza, chi riesce a gestirla, chi la traduce in freddezza, chi in delusione o tristezza, chi addirittura in un punto di forza. Alcuni la vivono da soli, con il proprio io, altri la esternano.

Io faccio parte, in tal senso, di una squadra insolita: quelli che trasformano gli ostacoli in motivazione, che vivono la rabbia per pochi secondi, traducendola subito in tristezza o delusione, e che cercano di lenire immediatamente la ferita con la riconciliazione. Non mi piace accrescere la rabbia dentro perché credo che, così facendo, ci si infligga delle ferite da soli. Fondamentalmente è inutile restare lì col muso lungo. Meglio parlare. Magari posso averti offeso, penso di aver ragione, forse ho anche ragione… ma lascio tutto e vengo a fare pace. Sia chiaro: non voglio tenere una lezione di catechismo! Tantomeno sul perdono, che è, sicuramente, il sentimento più difficile da vivere, perché devi prima di tutto allontanare il rancore ed essere pronto a non giudicare (non so voi, ma io, se qualche volta ho giudicato, poi me ne sono pentita amaramente, e ho capito che non devo essere io a farlo!). Tuttavia credo nel perdono. È bello! Perché se io ti perdono, ti do la possibilità di farti rivedere la tua posizione. Allo stesso modo, se tu mi perdoni, mi dai la possibilità di capire il mio errore e di crescere. Così chi ferisce non paga ma deve sentire la reazione dell'altro. A parole è facile. A fatti difficile. Anche nelle piccole cose quotidiane.

Il piacere di chiedere scusa

Mi è capitato, qualche volta, di arrabbiarmi in palcoscenico. Se ci sono problemi, infatti, chi ne paga le conseguenze *in primis* sono io, perché mi sforzo con la voce. E allora aspetto, conto fino a dieci, come consiglia la regola della pazienza, ma poi esplodo. L'esplosione, però, non è solo nei confronti di chi, in quel momento, sta causando il problema, magari per incompetenza e non per mancanza di volontà, ma è anche verso me stessa perché, spesso, mi trovo nell'imbarazzo di non saper spiegare la difficoltà e farla risolvere in breve tempo. E allora divento cieca dalla rabbia (lasciatemi passare la frase!) e divento, purtroppo, un po' sgarbata, fredda, scostante, tirando fuori il peggio di me. Alzo un muro fra me e l'altra persona, ma quel muro non serve a niente, non risolve il problema, anzi lo aumenta perché l'altra persona si agita, non è più serena e la situazione peggiora, anziché migliorare. Poi, però, alla prima occasione, a fine concerto o a metà, chiedo scusa a quella persona per averle causato una crisi emotiva, invitandola ad essere paziente e a comprendere il mio stato d'animo e come mi sento persa quando sono in difficoltà sul palco. Anzi devo dire che provo un grande piacere a chiedere scusa. Pertanto, se il chiarimento genera piacere e la rabbia genera ansia, allora è molto più logico scegliere la strada della riconciliazione.

C'è anche un lato positivo della rabbia, quello che genera motivazione, ti spinge a fare meglio. Quello che ho conosciuto fin da giovanissima, quando volevo a tutti i costi diventare cantante. Tante volte mi hanno illusa: mi promettevano dischi, dicevano che la mia voce sarebbe esplosa a livello nazionale e internazionale. Tutte belle parole, che restavano tali. Non succedeva mai niente. Anzi qualcosa succedeva, ma non aveva a che fare direttamente con la musica. Essendo una ragazza carina, spesso mi facevano capire che forse un modo c'era, e partivano con le avances. Ma, grazie a Dio, io ero sempre accompagnata dal mio papà o dalla mia mamma, e quindi evitavo che queste situazioni potessero degenerare. Ma ne nascevano altre. Vedendo, infatti, una famiglia presente nel percorso artistico della propria figlia, immediatamente parlavano di soldi, perché, forse, se avessi investito con un'autoproduzione, avrei avuto sicuramente qualche speranza in più. Altre volte, poi, mi dicevano che non funzionavamo né io né la mia musica, e che le radio non avrebbero mai trasmesso le mie canzoni. Ho sofferto molto, ma non mi sono mai arrabbiata. Trovavo ingiusto ciò che mi capitava. Io sentivo di avere un dono artistico, un valore artistico, e tanta voglia di ottenere quell'opportunità che mi avrebbe cambiato la vita. Non volevo il successo, desideravo solo trovare il modo più giusto per manifestare questa energia musicale che avevo dentro. Eppure ogni volta mi ritrovavo di fronte a un «no! Sei carina, ma non funzioni», che però, non mi demotivava, perché io credevo in me stessa, non avevo dubbi sul mio valore, e tutt'oggi io credo di avere un grande potenziale artistico. Potrà sembrare presuntuoso ma è vero e giusto. La stima in se stessi, infatti, è la caratteristica fondamentale per non cedere ai compromessi e non lasciarsi fermare dagli ostacoli. E così ogni volta che mi chiudevano una porta in faccia io pensavo: «Si aprirà un portone!». Ma il portone non si apriva mai! E io piangevo lacrime di sofferenza, non di rabbia, e provavo a far capire ai miei genitori che non era il caso di trovarmi un altro lavoro, ma che potevo farcela, e che sarebbe arrivato il momento giusto, prima o poi. I miei genitori non si opponevano ma erano abituati ad una vita semplice e metodica per pensare che la propria figlia potesse diventare una cantante affermata. Era un'utopia e non volevano che io spendessi e perdessi il mio tempo a sognare. Mio padre era un ispettore e mia madre una casalinga: per loro, dunque, cantare non era un lavoro. Cercavano, forse, di scoraggiarmi, ma non per il mio male, bensì per mettere alla prova la mia voglia di intraprendere questo percorso e, soprattutto, per proteggermi da una prevedibile delusione. Una volta, a 16 anni, mio padre mi accompagnò ad un concorso canoro, dove interpretai *Ti sento* dei Matia Bazar. Era la prima volta che assisteva ad una mia esibizione in pubblico. Sulla strada del ritorno lui mi disse: «Senti, Annalisa, io continuerò a dirti che questo, per me, non è un lavoro, continuerò a dirti che è una grande fatica che, peraltro, non sarà ricompensata. Ti dirò che non vale la pena andare a letto tardi per fare i pianobar e alzarsi presto per andare a scuola. Ti dirò che non condivido questa strada e che per me è assurda. Ti dirò di non continuare. Ma tu... tu non ascoltarmi. Va' avanti! Perché ho visto la luce che hai quando canti. E non voglio che tu perda quella luce». Fu meraviglioso! Era come aver ricevuto una benedizione. In quel momento capii che tutti i 'no' del mondo non potevano proibirmi di fare musica! La musica è un patrimonio che non appartiene a nessuno, anzi appartiene a tutti e, anche se non avessi avuto la possibilità di esibirmi per il mondo o di affermarmi, avrei cantato per me, per quella luce che mio padre aveva visto, quella sera, nei miei occhi. In quegli occhi che ancora vedevano. Alla fine il famoso portone si aprì, facendomi entrare prima a Miss Italia e poi a Sanremo. Quando credi tanto in qualcosa, quel qualcosa arriva proprio nel modo in cui l'hai pensato. I sogni non sono degli utopici. I sogni danno il valore alla vita. Dobbiamo essere felici di quanto facciamo, anche degli ostacoli che affrontiamo, perché pesano di meno nel momento il cui li sopportiamo per qualcosa che ci rende gioiosi e soddisfatti di noi stessi. E non vale la pena di lasciarsi fermare da quei 'no', dagli ostacoli o dal parere degli altri. È meglio andare avanti, contando sui propri 'sì'. Proprio come dice la saggia nonna del film *Mine vaganti* di Ferzan Ozpetek: «Se uno fa sempre quello che gli chiedono gli altri, non vale la pena vivere!».

Fammi fuori

Ma gli ostacoli ci sono sempre, all'inizio, a metà e anche a fine percorso. Alcuni ostacoli, poi, ti ritrovi ad affrontarli in modo sbagliato, perché figlia cattiva della rabbia è l'impulsività, che ti porta a intraprendere battaglie non sempre vincenti, o meglio, non combattute con le armi giuste. Anche a me è successo. Avevo partecipato alle selezioni per Sanremo e mi riferirono che un personaggio televisivo aveva messo in discussione la mia partecipazione al Festival semplicemente perché ero non vedente.

Ero giovane e sono subito diventata verde dalla rabbia. Quando venivo toccata nella vista, reagivo di scatto. Ho volutamente lasciato aperta la ferita della cecità perché, quando mi toccano, sanguina ancora e mi ricorda che c'è, e nel ricordo c'è la consapevolezza di un percorso che continua, è costante, con i suoi pro e i suoi contro. E in quel frangente reagii d'impulso. Volevo difendermi, difendere la mia categoria, di cui mi sento portavoce. Tuttora esistono le categorie e le discriminazioni, è inutile negarlo. Così in quell'occasione resi pubblico quell'episodio, manifestando la mia offesa, e ribadendo il concetto che essere 'cieco' è la semplice condizione di una persona, non un elemento da utilizzare in forma dispregiativa e discriminatoria. Sentivo la necessità di urlare e difendere il mio universo dall'ignoranza, male del mondo, che fa sempre danni. Lo feci attraverso i giornali, rilasciando dichiarazioni, e anche con una canzone: *Fammi fuori*. Ho alzato polveroni e urlato a squarciagola: «Non è giusto!!!», ogniqualvolta non condividevo metodi e linguaggi usati per noi diversabili e dettati dalla scarsa conoscenza del nostro mondo.

Ma, ahimè, sono spesso stata un Don Chisciotte in gonnella, che combatteva contro i mulini a vento. Col senno di poi, infatti, non sono fiera di come ho condotto quella battaglia. Quello che è accaduto in quell'anno lo vivrei diversamente, evitando quella reazione violenta e rabbiosa, che non portò ad alcuna vittoria. Non ho ottenuto il risultato che volevo, anzi quell'episodio mi si rivoltò contro. Alcuni pensarono che utilizzassi quell'episodio per farmi pubblicità, altri lo ignorarono categoricamente. Ma molti capirono che dietro quella protesta c'era semplicemente il cuore di una diversabile che aveva una sola colpa: essere stata troppo impulsiva.

Col senno di poi mi dico che sarei dovuta andare a fondo, fino a sapere la verità e cercare un dialogo. Tuttavia quell'episodio è stato positivo perché mi ha fatto capire che dovevo cambiare metodo. Oggi, infatti, cerco di esprimere il mio punto di vista e di sensibilizzare gli altri usando diplomazia e maturità, procedendo a piccoli passi, ma smuovendo più terreno sotto i piedi.

Oggi la vera sfida è conquistare le persone che hanno preconcetti. Spesso i miei concerti avvengono in piazza, in contesti dove non c'è solo un pubblico che partecipa di propria spontanea volontà, ma ci sono anche persone che capitano lì per caso o vengono per semplice curiosità. Io, pur non vedendo, la predisposizione d'animo del pubblico la comprendo, la sento. A dire il vero i curiosi o gli scettici mi stimolano ed entusiasmano più della presenza di quanti mi stimano già, perché diventano proprio loro il mio obiettivo: al termine dello spettacolo devono essere anche loro entusiasti e coinvolti come gli altri. È una sfida!

Molti dicono che ho sempre Gesù a portata di mano, ma non posso farci nulla se tutti gli esempi vengono da Lui. Egli, infatti, non cercava quanti credevano già, andava a prendere i peccatori e i miscredenti, per parlare con loro e donare il proprio messaggio d'amore. Così anche noi dovremmo prestare attenzione a quanti sono distanti da noi, per avvicinarli.

Contro il male non si combatte col male. Contro l'ignoranza non si combatte con l'ignoranza. Si deve combattere con l'amore: è l'unica arma che può disarmare il nemico e renderlo amico.

L'amore è cieco. Allora io sono l'amore

Spesso gli altri non si aspettano che tu possa sorridere del tuo problema. Quando cantavo *Fammi fuori* nei concerti, chiedevo alla mia assistente di prestarmi i suoi occhiali da vista. Il pubblico all'inizio restava un po' basito alla mia richiesta, poi capiva che stavo ironizzando sulla mia cecità e cominciava a ridere e a stare al gioco. Mio padre mi diceva sempre che, se sorridi al dolore, il dolore lo disarmi. È la stessa tecnica che ho pensato di utilizzare soprattutto nei confronti di quanti non sanno con chi hanno a che fare quando si relazionano con un disabile. Io adoro prendermi in giro. Nel 2000, in occasione del Giubileo dei Disabili, di cui ero conduttrice insieme ad Al Bano, dissi allo staff organizzativo: «Scusate, ma se Al Bano ha la cartelletta da conduttore con la scaletta, la voglio anch'io!». Entrai in scena con la cartelletta facendo finta di leggere. La gente all'inizio era sconvolta e pensava: «Questa è matta!», mentre io mi divertivo. Così pian piano anche il pubblico capì che stavo scherzando ed entrò nel gioco con me. Ironizzare è anche un buon metodo per togliere dall'imbarazzo la gente che ti incontra. È inevitabile, al primo approccio, che chi mi incontra, o chi incontra un disabile in generale, sente un po' di imbarazzo, non sa come relazionarsi, cosa dire, teme di fare gaffe, di offendere, di mancare di sensibilità, pensa di avere di fronte una persona diversa e, pertanto, ha un approccio particolare, basato su una strana forma di rispetto. E allora io rispondo con l'ironia! Ho una vasta gamma di frasi ad effetto per sorridere della mia oscurità. Quando saluto dico: «Allora ci vediamo la prossima volta!». Se qualcuno mi chiede se sono gelosa di mio marito, che è un bel ragazzo, io rispondo: «No! E sai perché? Perché occhio non vede, cuore non duole!». E ancora: «Fidati ciecamente di me!», «L'amore è cieco, quindi io sono l'amore», «Ragazzi, non ci vedo più dalla fame», «Se mi fate incaz... arrabbiare, butto mazzate alla cieca!», «Sono verde di rabbia». Alle riunioni, poi, quando evitano di darmi i fascicoli da leggere dico: «E a me? Il foglio? Oh, questa è discriminazione!». Nei concerti dico: «Siccome non vi vedo perché ho dimenticato gli occhiali, fatemi sentire quanti siete!». E, ovviamente, quando parlo il verbo che uso più frequentemente è il verbo *vedere*! Con l'ironia la gente si tranquillizza e capisce che ha di fronte una persona normale, anzi speciale. Perché, se una ragazza diventa ballerina senza avere le braccia, o un ragazzo in carrozzella diventa un campione di basket, rinunciando ad occhiali scuri, bastone, cane, è per urlare al mondo col sorriso: «Abbiamo una forza che ci fa essere normali, anzi speciali!».

L'handicap più grande è l'ignoranza

Io non posso vedere. Ma sono sicuramente meno cieca di chi non vuole vedere. Ci sono persone che non sentono, non vedono, non parlano, non perché siano sordi, ciechi e muti, ma perché non vogliono. Persone che, pur potendo, non vivono al meglio, ma si alimentano dei fallimenti degli altri, non gioiscono della felicità altrui e diventano un ostacolo per la società. L'handicap più grande è l'ignoranza. Ma non l'ignoranza intesa come 'non sapere', bensì intesa come 'non voler sapere'. Persone che di fronte all'entusiasmo reagiscono infastidite, che sono sempre in guerra con la voglia di vivere, ma si alimentano di rabbia distruttiva. «Perché?», mi chiedo. Ne ho incontrate tante. Io non vedo, ma sento, e spesso ho sentito dire alle mie spalle: «Ma questa che ci vuole insegnare?», «Che ha da ridere? Allora se ride ci vede!», «Questa sul palco balla, allora vede!». Come se un disabile non avesse il diritto di sbellicarsi dalle risate, di essere allegro, di imparare a ballare e provare a lungo per essere indipendente sul palcoscenico. Molto spesso il limite lo pongono gli altri, non noi disabili. Quando poi mi vedono allungare la mano e prendere l'asta del microfono, allora sono convinti che io veda. Ignorano un piccolo particolare: mio marito mi guida attraverso un auricolare: «Annalisa, l'asta è a destra»; «Lo sgabello è a sinistra»; «Fermati!!!»; o con chiaro accento partenopeo: «Annali', fa' n'ato pass e vai abbasc (traduzione: Annalisa, fa' un altro passo e vai giù dal palco). È molto semplice! Basta organizzarsi. Basta poco. Ho sempre analizzato questo tipo di atteggiamento e sono arrivata alla conclusione che queste persone hanno un problema più grande del mio, perché si sono autolimitate. Quando la natura ti limita, allora tu accetti questo limite e cerchi l'alternativa per continuare a fare tante cose. Invece le persone che non hanno alcun problema ma si autolimitano non possono trovare neanche l'alternativa. E non nascondo di provare per loro un po' di compassione perché potrebbero avere molto più di me, invece hanno meno di quanto abbia io, da disabile.

Spesso l'opinione pubblica identifica il disabile come un debole! Non è assolutamente giusto. Io piango molto spesso, mi abbandono alla mia sofferenza, ma questo non significa che io sia debole. Fragile sì, ma debole no. La debolezza significa non voler affrontare qualcosa, la fragilità, invece, è bella perché ti rende umano. La fragilità fa parte dell'amore, è una delle sue sfumature. Le impercettibili sfumature dell'amore.

Se non ritornerete come bambini

Chi non rispetta la fragilità mi fa arrabbiare non poco. In particolare gli esseri più fragili in assoluto: i bambini. Si potrebbero scrivere pagine e pagine sui loro diritti, sulla mancanza di rispetto, sullo sfruttamento. La nostra società non rispetta i bambini! Non li sappiamo ascoltare, nonostante essi siano molto svegli. I bambini di oggi, infatti, hanno più consapevolezza rispetto ai bambini di ieri, eppure riusciamo a far loro del male. C'è poca tutela nei loro confronti. Guardiamo anche ai piccoli esempi di ogni giorno. Quando torniamo a casa stanchi dal lavoro, spesso siamo troppo distratti con loro. Certamente li amiamo e ci sono genitori che si ammazzano di lavoro per dare loro un futuro sereno, però, a volte, manca l'attenzione, l'ascolto. Quando vogliono farci vedere un disegno, quando ci interrompono per dirci qualcosa, noi dove siamo? Continuamente ripetono: «Mamma… mamma… ma mamma…». E noi: «Un attimo, non è educato interrompere mentre mamma sta parlando». Ma è un bambino! Deve essere ascoltato nel momento in cui ti chiede di essere ascoltato, non dopo. Spesso poi si pretende troppo, mentre non dovrebbero essere responsabilizzati più del dovuto. Per essere responsabili c'è tempo. I bambini troppo responsabili finiscono per non vivere serenamente la loro infanzia. L'altro pomeriggio stavo lavorando per il libro con Michele, che mi è accanto in questa avventura editoriale. Ad un certo punto si avvicina mio figlio Fabio, che, porgendomi un foglio di carta, mi chiede: «Mamma, mi fai un aereo?». Stavo per dire: «Fabietto, stiamo lavorando!». Ma non l'ho detto, ho preso il foglio e ho cominciato a fare un aereo. Fabietto allora porge un foglio anche a Michele e dice: «Miky, è meglio che ne fai uno anche tu, mamma non è troppo brava a fare gli aerei di carta». «Ma come!!!», ribatto io. E parte la gara. Io faccio il mio, Fabietto e Miky il loro. Tuttavia Miky non ricordava come si facesse un aereo di carta, quindi Fabietto, dall'alto dei suoi quattro anni, spiegava a Miky come piegare il foglio (una situazione comica solo a raccontarla, figurarsi a vederla) e io infierivo dicendo: «Fabietto, guarda che Miky dice di aver capito, ma secondo me non ha capito per niente come deve fare». Alla fine li abbiamo lanciati e abbiamo sorriso nel momento in cui Fabio ha urlato: «Volanooo!!!». Immediatamente abbiamo deciso che questo episodio meritava di essere riportato nel libro. Abbiamo permesso ad un bambino di 'distrarci' e da quella distrazione il nostro lavoro è stato arricchito. «Se non ritornerete come bambini, non entrerete nel Regno dei cieli», ha detto Qualcuno. E nel cielo, dopo essere tornati un po' bambini con l'aiuto di un bambino, sono volati i nostri due aerei di carta, forse non perfetti e con ali non precise ma che sapevano andare in alto, molto in alto.

Il fatto che io non veda non deve far pensare che io sia rinchiusa fra le quattro mura buie della mia vista. Io vedo il mondo di fuori, leggo i giornali, ascolto le notizie, ma soprattutto parlo con la gente. Questo che stiamo vivendo è un momento storico difficile. La gente crede poco in se stessa, è scoraggiata. Questo mi fa rabbia. Ma purtroppo, spesso, di fronte alle paure della società ci si siede in un angolo, impotenti, senza poter fare nulla, a chiedersi: «A chi devo gridare? Chi si unisce al mio coro?». Voci che si uniscono al coro ci sono e si fanno sentire. Anch'io, appena posso, cerco di unirmi ai cori, alle realtà di impegno sociale presenti nel nostro Paese e non solo, cerco di cambiare quel verde di rabbia, per le ingiustizie, in un verde di speranza: speranza di cambiare le cose, insieme agli altri. L'unione fa la forza e io mi sono sempre unita con entusiasmo alle squadre solidali.

Di questo devo ringraziare un'amica molto cara, Giusy Laganà, spirito pulito, umano e profondo, che ha saputo dare una forte identità ai miei progetti solidali. Lei mi ha permesso di conoscere la realtà di Doppia Difesa, di Michelle Hunziker e Giulia Bongiorno, che è vicina alle donne vittime di violenza e, quindi, ai loro bambini. Doppia Difesa le segue dal punto di vista medico e psicologico, affinché possano superare la paura vissuta troppo a lungo in silenzio, denunciare, elaborare il dolore per vincerlo e tornare, finalmente, ad avere fiducia nell'uomo. Giusy mi ha voluto coinvolgere fortemente in questa realtà perché crede che io, con la mia storia, possa essere un punto di forza per quelle donne che hanno perso sicurezza in se stesse. E io, ovviamente, sono fiera di poter dare il mio piccolo contributo e poter dire che nessun uomo ha il diritto di non farci credere nell'amore.

Un coro di voci, non metaforico, ma vero è stato quello dello stadio San Siro, per i terremotati d'Abruzzo, quando Laura Pausini ha chiamato tutte le donne della musica italiana a raccolta per un nobile scopo. È stato molto emozionante. Sono stati pochi attimi ma salire sul placo, fare il tuo lavoro e sapere che in quel momento la tua arte è utile materialmente per chi vive una situazione di sofferenza e disagio è una sensazione particolare che fa prendere alla tua musica un aspetto più nobile. Ma molto più toccante è stato, poi, andare su quei luoghi del terremoto, a L'Aquila. Girare per le strade, conoscere la gente, ascoltare le storie, accogliere le lacrime che non invecchiano mai, sono sempre giovani.

Anche il calendario per la Croce Rossa con le foto di artiste in dolce attesa è stato un progetto cui ho partecipato volentieri, con il mio bambino ancora nel pancione. Ma fare una foto, o cantare, o dare il proprio contributo artistico è il minimo che si possa fare.

La solidarietà prende valore, per me, quando la vivi da vicino, non da lontano. Io ho sempre desiderato e preteso di toccare con mano le realtà che andavo a sostenere. È importante far capire che non sei di passaggio ma che ci sei. Fare beneficenza attiva, anzi carità attiva, non limitarmi a vivere a metà. Io delle necessità posso rendermi veramente conto solo se vivo, tocco, capisco quello che accade, che dovrei fare, che posso fare, che non viene fatto, che riuscirò a fare.

È quando prendi l'aereo e vai sul posto che fai la differenza. Come fa Claudia Koll in Africa. Quando Claudia mi chiamò per chiedermi una canzone per il suo disco di raccolta fondi per l'Africa, *Guarda le mie mani*, io subito le dissi di sì. Ma immediatamente le chiesi: «Claudia, quando mi porti in Africa? Quando andiamo?». Spero un giorno di poterla accompagnare. Per me è importante andare sul posto perché ti impregni di dolore e te lo porti a casa e quell'odore non va più via di dosso, quel colore non va più via dalle mani, è un colore che non sta nell'arcobaleno, è un colore che ti si stampa dentro e non va più via.

Il mio viaggio più bello

Uno dei viaggi più belli che io abbia fatto è stato quello in Bolivia. Un viaggio di missione, in occasione della campagna benefica della Onlus CBM Italia, per sconfiggere le forme evitabili di cecità nei Paesi poveri del mondo. Nel centro dove sono stata c'erano donne e bambini che perdevano la vista anche per una semplice cataratta o altri processi che noi risolviamo con poco, quel poco che, però, a loro manca. Quelle esperienze mi toccavano da vicino.

Una delle emozioni più forti è stata stare alle spalle di una paziente che era sul punto di vivere il momento di tornare a vedere, di recuperare il settanta per cento della sua vista. Il dottore mi spiegava, in lingua spagnola, come stava agendo nei confronti della retina e della maculopatia di quella paziente. Io ero felice perché pensavo che quella donna sarebbe tornata a vedere, grazie all'aiuto della CBM, che aveva portato i fondi utili per il progetto, ma forse anche grazie a me, che ero lì come testimonial. Era una madre che non aveva mai visto i suoi bambini. Le chiesi come si sentisse. Ad un tratto fui presa da un sentimento strano, che non era invidia, ma somigliava al rimpianto: stavo realizzando che io l'esperienza di quella donna non avrei mai potuto viverla. Per un attimo ho sentito il dolore di non poter vedere più, mai più. Ovviamente sono da tempo consapevole di non poter riavere la vista, eppure in quel momento l'impossibilità che ciò potesse accadere mi si manifestò chiaramente. Stavo per uscire dalla sala operatoria. Cominciai a piangere. Pochi minuti prima, infatti, il dottore aveva spiegato a giovani laureandi che chi è affetto da retinite pigmentosa e degenerazione maculare (quindi io!) non poteva sperare in una risoluzione del problema, ma rassegnarsi a convivere col buio, con la speranza di mantenere l'occhio umido nel caso... in cui... un giorno... forse... si fosse trovata... una soluzione.

Cosa mi stava accadendo? Io l'ho sempre saputo. Io ho fatto pace da subito con la mia oscurità. Eppure quel pensiero, quel dato di fatto, quell'episodio, mi avevano coinvolta e sconvolta. La cara amica Giusy mi era vicino. Decisi di restare. Alla fin fine era anche merito mio se quella madre stava tornando a vedere. La sua felicità sarebbe stata la mia. Quel dono sarebbe stato anche mio. Anch'io sarei tornata un po' a vedere, attraverso i suoi occhi.

E da quel momento è partita l'esperienza del sorriso. Ho vissuto con quei bambini, che avrei voluto portare tutti con me. Mi hanno dipinto il viso con i loro ghirigori, vestita con i loro abiti, ho ballato la loro danza, una quadriglia tribale, ho raccolto le loro lacrime, il loro desiderio di non essere dimenticati. Ho mangiato il loro brodo di pollo: non di carne di pollo, di ossa di pollo. Ho bevuto la loro spremuta di pannocchie. Sapori forti, che all'inizio faticavo a sopportare, ma che erano importanti per capire e sapere.

Sono stata circondata da gente piena di vita, nonostante non avessero nulla di materiale. Ma avevano un tesoro più prezioso: l'amore fra loro. La vicinanza.

Ricordo Gabriella, una bimba che, a sorpresa, cominciò a cantare la mia canzone *Senza te o con te*, e io ho cominciato ad insegnarle canto: aveva una voce incredibile! Mi raccontò della sua famiglia, che non conosceva totalmente, perché i suoi fratelli erano sparsi nel mondo e disse che, forse, un giorno sarebbe venuta in Italia a cercarli. Io rimanevo affascinata, dietro un velo di tristezza che mi scendeva sul viso.

Ricordo il piccolo bimbo appena nato che si addormentò dondolando su una enorme palla che io muovevo, e mi toccava il viso con le sue manine, smettendo così di piangere.

Ricordo il bambino a cui piaceva la canzone di Al Bano e Romina *Felicità*, che lui chiamava *Fecilità*. Gliela insegnai in italiano ma... 'felicità' rimase 'fecilità'!

Li ricordo tutti. Ricordo ogni secondo. Il mio viaggio più bello.

Chissà se loro si ricordano di me. Credo di sì.

Ecco, è questo, per me, vivere la solidarietà: conoscere la verità nella realtà.

Quando ti rendi conto che tutti possiamo dare molto, facendo molto poco.

E, spesso, non serve andare in Bolivia, basta guardare al di là della propria porta. Aprire la finestra e dire: «C'è un vicino che ha bisogno di me!».

A volte, però, siamo troppo presi dal 'sopravvivere', per 'vivere'.

Non abbiamo più tempo di emozionarci, attraverso gli altri.

Non riusciamo ad entrare nell'ottica che la felicità è amare e sapersi amati. Tutto il resto è in secondo piano.

Per questo provo rabbia, perché spesso noi abbiamo l'amore a portata di mano eppure siamo ciechi, non lo vediamo, non lo capiamo, lo deludiamo, lo perdiamo in banalità. Senza sapere che svilendo l'amore, facciamo il più grande male a noi stessi.

Mentre se gli diamo la mano partiamo.

Partiamo per i viaggi più belli.

Verde di rabbia, verde di speranza

Quando alle scuole medie disegnavo, mi sforzavo di colorare nel modo giusto, sebbene facessi fatica a restare nei limiti delle linee tracciate.

Il colore verde era in tutti i miei disegni.

Accostavo al verde quasi sempre l'azzurro.

L'azzurro mi dava il senso della libertà, il verde della speranza.

Insieme, la speranza che nessuno potesse mai togliermi la libertà. Il mare che ho visto una delle mie ultime volte era verde e azzurro.

Il mare è il posto dove mi disoriento completamente, eppure non riesco a farne a meno.

Lo temo perché potrei perdere l'orientamento molto facilmente.

Lo amo perché, quando ci sguazzo con mio figlio, mi diverto tantissimo.

Mi piace e mi spaventa, il mare.

Mi piace come la speranza.

Mi spaventa come la rabbia.

«La speranza ha due bei figli», scrive sant'Agostino, «la rabbia e il coraggio. Il primo di fronte a come vanno le cose, il secondo per cambiarle».

Annalisa è verde.

Di rabbia e di speranza.

B

BLU

Una preghiera che cammina

Iride era vestita di un velo trasparente che, incontrando i raggi del sole, diventava iridescente.

Un velo non ti copre, è trasparente.

Lo indossi, ma è come se non lo avessi, quindi gli altri vedono tutto di te.

Vedono la verità. Non puoi fingere. Non puoi mostrarti per quello che non sei.

Eppure è proprio quel velo che, in qualche modo, ti protegge.

Anche il mio velo, come quello di Iride, è trasparente: io non riesco mai, in qualsiasi momento, a nascondere quello che sento e che provo. Neanche quando 'dovrei'.

Mi ricorda quanto sia preziosa la verità e mi protegge perché quel velo che mi avvolge è la mia Fede. È l'amore di Dio.

E come il velo di Iride, baciato dal sole, diventava di sette colori, così il mio è colorato dall'amore di Dio. Colori fatti di luce, che non necessariamente devi vedere, ma devi sentire. Perché, a volte, quello che non si vede può essere pieno di colori.

C'erano una volta un umile falegname, una donna che aveva ricevuto un dono incredibile e un bambino speciale. Ogni anno, a Natale, quando con i miei nonni preparavo il presepe, sistemando nel migliore dei modi le statuine, la fiaba si ripeteva. Poi la storia continuava, diceva mia nonna, perché il bambino cresceva e diventava un giovane ragazzo: parlava d'amore e tutti lo ascoltavano e, più volevano fargli del male, più lui rispondeva con l'amore.

E anche a me ha cominciato a parlare d'amore fin da piccola, quando la mia famiglia fu colpita da un grande dolore: la perdita di Barbara, la mia sorellina. Avevo solo quattro anni, eppure ricordo tutto. Lei, il suo vestito, il funerale, le lacrime, lo smarrimento dei miei genitori. Saremmo potuti cadere in mezzo a mille domande: perché a noi? Perché hai portato via una persona cara? Perché stiamo soffrendo così se Tu sei buono? Ma tutti questi quesiti spariscono quando, camminando mano nella mano con Dio, comprendi che davanti al dolore c'è l'amore. Anche la sofferenza più grande rientra in uno schema che ha un suo significato, all'inizio sicuramente incomprensibile, ma poi manifesto. Barbara non c'era più perché in quel momento la mia famiglia doveva vivere quell'esperienza, che ci avrebbe fortificati e temprati per le tante difficoltà che avremmo dovuto vivere insieme. Con la preghiera superammo quel momento difficile. Quanto a me la versione che mi fu data diceva così: Gesù aveva bisogno di un angioletto in più e quindi aveva scelto Barbara. Ma in quel momento capii che la fiaba era realtà e Gesù diventò il mio migliore amico.

È stato con me fin da subito: sapeva che avevo bisogno di essere guidata, di sentire che ogni mio passo non era voluto da me, ma da Lui. In Lui c'erano la guida, l'amico fidato, colui che non mi avrebbe mai delusa. Il nostro rapporto è sempre stato costante, anzi le mie preghiere (che non sono preghiere istituzionali ma conversazioni), crescendo, sono aumentate. E se qualcuno ha provato a separarci, dicendo che in fondo mi sarei dovuta giustamente arrabbiare con Lui per tutti i momenti difficili che mi faceva vivere, non c'è riuscito perché io ho sempre risposto: «Non è Lui il colpevole. Il male fa i danni. Il bene mette le toppe». Ho atteso che mi donasse la serenità, ho aspettato i suoi tempi custodendomi costante nella fede, ho creduto con certezza che sarebbe arrivato per me un momento migliore, ho utilizzato il mio dono (la voce!) come comunicazione di bellezza. In ogni passo mi sono sentita unita a Lui come a servizio di un progetto che Lui aveva disegnato per me e per la mia famiglia, che mi ha educato nella fede. Mi sono ritrovata ad amare Qualcuno che non avevo mai toccato con mano, ma che era in me da sempre, e che io sentivo costantemente. Anche nel momento della perdita della vista Lui era con me. Se mi aveva dato quella prova era perché quella prova avrebbe avuto un significato profondo nella mia vita. E io ovviamente chiedevo aiuto a Lui. Ricordo molti episodi buffi. Nei primi tempi in cui cominciavo a non vedere, desideravo essere ancora autosufficiente e andavo in giro per il mio paese da sola. Non proprio! Probabilmente la gente che mi vedeva passare avrà pensato: questa non solo sta diventando cieca, sta pure perdendo la testa, perché mi vedevano parlare ma con me non c'era nessuno. Ma io parlavo con Lui: «Oh, Gesù, guarda che stiamo facendo il vialetto bianco, mi raccomando fammi capire quando arriviamo alla fine della strada». Arrivata allo stop, nel momento di attraversare dicevo: «Vado ora? Adesso? Oh, non fare scherzi! Che mi fai ritrovare spiaccicata sotto un'auto?». Ero protetta, guidata e, a volte, quasi mi sembrava di sentire: «Annalisa, va' adesso!».

A Lui ho portato e porto tuttora i miei dubbi, le mie incertezze, le mie speranze. Cerco di leggere nei segni le Sue risposte: «Gesù, le tentazioni sono tante, non farmi cadere! Su questa cosa ho sbagliato, ma se m'hai permesso di sbagliare, allora significa che mi serviva sbagliare per capire qualcosa, che mi hai voluto dire?». Sono sempre lì a cercare segni e segnali. È un rapporto che non si spegnerà mai, ne sono convinta. La mia vita è iniziata con la fiaba di Gesù giunto sulla Terra per portare l'amore contro il male. Oggi, forse, il male si sta attrezzando per combattere con violenza. Ma le fiabe hanno sempre un lieto fine e io aspetto il momento in cui ci sarà un cambiamento d'amore per il mondo. Ci sarà. Quanto a me sono sicura che, alla fine dei miei giorni, Lui, per concludere la mia fiaba, mi accoglierà dicendomi: «E vissero felici e contenti!».

Ma oggi, ovviamente, più che me stessa gli affido il mio bambino. Fabio sta apprendendo tutto con grande semplicità. Poiché mi sente spesso parlare di Gesù, per ogni cosa nuova che vede mi dice: «Mamma, ma questo lo ha fatto Gesù?». E io: «Sì!» oppure: «L'ha fatto l'uomo ma Gesù gli ha dato modo di farlo». E quando gli racconto episodi della mia vita, il piccoletto mi chiede: «Mamma, ma Gesù c'era? T'ha visto?». «Lui vede tutto, amore di mamma». Io non voglio imporgli nulla, voglio che ci arrivi da solo a capire l'importanza e la grandezza di Dio. Ma ho fortemente desiderato il battesimo per lui e gli sto trasmettendo ciò che è stato trasmesso a me dai nonni. Io gli racconto una fiaba, poi sarà lui a scoprire che è la Verità. A Natale realizziamo il presepe insieme e gli spiego che i doni sono belli e ci rendono felici, ma la vera gioia è la nascita di Gesù. E ogni Natale gli racconto la fiaba di Gesù, come facevano i miei nonni con me. «C'era una volta», dicevano. E io aggiungo: «Oggi c'è ancora».

La preghiera dell'esempio

Fra le strade arse e semplici, una donna vaga fra la gente, come un fantasma in cerca di un segnale, di un suono, che possa ricondurla al figlio in pericolo. Ad un tratto si ferma, si inginocchia, stende le mani sulla terra, ne ascolta il suono, ed esattamente sotto il suolo dov'è lei, il figlio viene martoriato. Lei non lo vede, ma lo sente. Avverte il dolore.

È la scena di un film, *The Passion*, che non sono riuscita a seguire fino alla fine: sentivo le voci di dolore e non potevo sopportare tutta quella sofferenza realmente vissuta. Eppure quella fiaba continua così, con la passione e la crocifissione del giovane ragazzo che parlava d'amore.

La donna, Maria, è la madre. Non riusciamo a vederla come semplice donna o come moglie. La vediamo come madre. E anche quando la fiaba è finita lei ha continuato ad essere madre, perché siamo tutti suoi figli, perché ogni madre si affida a lei e le affida i propri bambini. In quella scena, che mi hanno raccontato, c'è tutta la verità di una madre. Possiamo essere anche lontane chilometri e chilometri dai nostri figli e non vederli, ma li sentiamo. Io rinuncerei a tutto pur di essere una buona madre. Oggi i tanti (troppi) 'maestri di vita' del nostro tempo ci dicono che dobbiamo ritagliarci del tempo per noi stessi, perché se non ci amiamo non possiamo amare gli altri. Sarà pure vero, ma io preferisco spendere tutto il tempo per mio figlio, fare l'impossibile pur di vedere felice lui. Spesso nei miei discorsi con Gesù dico: «Tutti possiamo sbagliare. E spesso sbagliamo anche nelle grandi scelte. E se un giorno il mio matrimonio dovesse finire?». Ma non penso a me o a mio marito, penso a mio figlio. E allora mi dico che mai mio figlio sarà costretto a vivere un giorno con me e uno col padre. Quantomeno mai per mano mia. Mio figlio dovrà sempre guardarmi e pensare: «Mia mamma, eticamente, si è sempre sforzata di non sbagliare». Voglio che sia fiero di me per valori, etica e morale, non per altro. E soprattutto non vorrei mai essere motivo di vergogna per lui. Piuttosto rovino la mia vita, ma non la sua. Maria sarebbe salita lei volentieri sulla croce, pur di salvare il suo Gesù.

Di Gesù mi piace tutto, ma c'è un aspetto che me lo rende 'unico': lui non diceva agli altri cosa fare, lui consigliava, ma soprattutto ciò che diceva lo confermava con il suo comportamento, con l'esempio. Non fare ciò che dico io, ma fa' ciò che faccio io! Io ti mostro la strada qual è... se tu vuoi sai dov'è e sai anche come si cammina per arrivarci. Gesù sarebbe il giusto leader di oggi, quello che potrebbe realmente migliorare tutto. Un trascinatore di anime d'amore. Ma anche il migliore amico. Molte persone si avvicinano alla fede nel momento del bisogno, questo perché il migliore amico si vede nel momento del bisogno, e Gesù è il migliore amico.

Grazie al Suo esempio io, nel mio piccolo, ho formulato

il mio *vademecum* per una vita di testimonianza d'amore. I punti di riferimento sono cinque: la pace; la non violenza; la rettitudine (che per me è la più difficile da mettere in pratica); la verità; l'amore. E così ogni giorno, seguendo queste cinque regole, cerco di vivere pienamente la preghiera. Perché la preghiera più grande è l'esempio. Essere preghiera.

La preghiera della sera

Parlando di preghiera non posso fare a meno di menzionare la mia preghiera della sera, che è diventata un tormento per tutti quelli che mi circondano. Perché io ho una particolare esigenza maniacale per la preghiera della sera, ormai un *leitmotiv* per tanti amici. Se a sera non mi raccolgo in preghiera non vado a dormire. A volte mi addormento per la troppa stanchezza e allora, durante la notte, mi sveglio di soprassalto e mi dico: «Non ho pregato!». Quindi mi metto a pregare. Vi lascio immaginare mio marito che nel bel mezzo della notte viene svegliato dalle mie preghiere. Ma ancora più divertente è quando, a volte, di sera, mio marito comincia a farmi le coccole. Allora io le accetto (viva l'amore!)... ma ad un certo punto mi fermo e dico: «No, aspetta, amo', devo pregare perché altrimenti mi dimentico e non va bene». Vi lascio immaginare l'espressione di mio marito. All'inizio era sbalordito e diceva: «Però non è carino fare così». Ora sorride e aspetta pazientemente. Ma io devo affidarmi a Lui per la notte e il giorno a venire, altrimenti non mi sento protetta. Sono piccole scenette comiche... ma alla fin fine... chi ha detto che non si può pregare sorridendo e con divertimento?

Io una preghiera in carne ed ossa l'ho conosciuta veramente. Si chiamava Karol, papa Karol Wojtiła. L'ho incontrato, ho cantato per lui, gli ho parlato. Subito ho avuto l'impressione di trovarmi al cospetto di un uomo di Dio, di toccare l'Amore, di assaporare l'esistenza di un uomo giusto, veramente giusto. Aveva un carisma coinvolgente e sconvolgente. Eppure ti metteva a tuo agio perché non lo vedevi come 'il Papa' ma come un uomo semplice, con le sue fragilità, ma capace di saper amare. Quando sai amare è inevitabile che tu venga amato. L'affetto era per Karol in quanto Papa, ma soprattutto per Karol in quanto uomo. Io credo che qualsiasi cosa avesse fatto, nella vita, avrebbe comunque, in ogni caso, avuto un successo di affetto intorno a sé. È stato il Papa di tutti, anche dei non credenti.

Ho avuto la grazia di incontrarlo più volte e ogni volta che l'ho visto ho pianto e ho sorriso.

Ho pianto per l'emozione, perché mi si smuoveva qualcosa dentro che non avevo mai sentito prima, o forse non avevo voluto sentire.

Ho sorriso perché aveva sempre la battuta pronta. Una volta eravamo in mezzo a tanti ragazzi sulla sedia a rotelle, lui è passato fra loro e ha detto: «Ragazzi, anche voi motorizzati?». E su quella battuta ho scoperto un mondo di ironia che non mi aspettavo dal Santo Padre. Sicuramente la sua ironia si è sempre sposata bene con la mia semplicità: subito dopo la vittoria a Sanremo, lo incontrai per un'udienza generale e per la benedizione. Presa dall'emozione, gli dissi: «Come devo chiamarti? Mica posso chiamarti Papa?». Lui sorrise.

Ma la vetta più alta di divertimento l'abbiamo toccata con l'episodio delle *extension*. Io mi inginocchiai per baciargli la mano e lui si avvicinò per baciarmi la fronte, posando le sue mani sulla mia nuca. Io, però, in quel periodo avevo le *extension*. Le vecchie *extension* venivano cucite da orecchio ad orecchio. Sentii che lui toccava questa cucitura ed era sul punto di piangere, perché, forse, pensava che io avessi un problema alla testa. Compresi e immediatamente gli dissi: «No! No! Ho capito! Queste sono una cosa estetica, si chiamano *extension*, sono capelli finti cuciti. Non ho problemi alla testa, solo agli occhi». Lui scoppiò a ridere. Credo di essere stata l'unica a parlare di *extension* al Papa! Ma non solo. Un piccolo caso di Stato lo creai quando nel Duemila presentai il Giubileo dei Disabili. Ero alquanto indispettita perché volevano farmi indossare un tailleur lungo e anche un po' datato. Ma io ero giovanissima e non mi sentivo me stessa con un vestito troppo serio. Stavo quasi per litigare con l'organizzazione, per indossare un abito più giovanile e comunque adatto alla situazione. Lui si rese conto che ero nervosa e mi chiese quale fosse il problema. Gli confessai che non volevo indossare il tailleur. Diede ragione a me, dicendo che la bellezza andava ammirata. E a lui in quel Giubileo dedicai la frase: «Mi ritengo fortunata a vedere con il cuore e non con gli occhi».

Giovanni Paolo II era sempre a favore dei giovani, infatti ha fondato la realtà dei Papaboys, di cui ammetto di essere una grande fan. Quando incontro gli studenti nelle scuole dico sempre che bisogna smettere di vedere i giovani che credono in Dio come dei bigotti e dei ragazzi fuori dal mondo! Io credo in Dio, eppure vado in giro con i tacchi, truccata, con la minigonna, faccio l'amore, e ho cercato una mia dimensione nella società. Purtroppo molti adolescenti temono di essere ghettizzati se esternano di essere credenti, di andare in chiesa. I Papaboys hanno sfatato questo mito: sono allegri, dinamici, concreti, veri, puliti, umani. E papa Karol ha voluto creare questo gruppo di giovani pieni di energia, entusiasmo, idee, e capaci di essere luce per i ragazzi un po' più chiusi, mostrando la possibilità di non temere la fede, e che il rapporto con Dio non è solo privazione, bensì esaltazione della vita nella gioia. In questo contesto ben vengano, quindi, le testimonianze anche di sportivi e del mondo dello spettacolo che manifestano con energia la loro fede, spronando così tanti ragazzi a cercare Dio.

Ho incontrato papa Karol in situazioni formali eppure, grazie alla sua cordialità e alla mia spontaneità, sono diventate sempre momenti di grande simpatia. Come uomo avrei voluto vederlo sciare e chiedergli se un Papa scia con una tuta normale o con un abito particolare, avrei voluto ascoltarlo mentre raccontava barzellette (dicono che era molto bravo!). Come Papa avrei voluto parlargli di tanti aspetti ben più importanti. Nel nostro secondo incontro, durante un'udienza privata subito dopo la mia partecipazione all'importante Festival di Viña del Mar, in Cile, gli chiesi: «Con tutta la ricchezza che c'è in Vaticano, potremmo sfamare il Terzo mondo. Perché non lo fai se sei figlio di Dio e quindi della povertà?». E lui mi fece capire che tutto quello che c'era lì non era suo. Non poteva prenderlo. Non ne era padrone. L'unica cosa di cui era padrone? Il suo cuore e la sua anima. E li aveva dati a Dio. Veramente li aveva donati a Dio. E il dono si ripeteva ogni giorno, ogni ora, ogni attimo.

Ogniqualvolta scendeva dall'aereo e, con gratitudine, baciava la terra.

La chiesa, per me, è dovunque siamo io e Lui

Il fatto di non vedere mi ha spinta a non pensare a Dio relegato fra le quattro mura della chiesa, ma sempre presente in ogni angolino, per strada, a casa, sul palcoscenico, e sempre pronto ad ascoltare le preghiere. Per questo non devo andare necessariamente in chiesa (intesa come struttura) per pregare. La chiesa, per me, è dovunque siamo io e Lui. Certamente è importante partecipare all'eucaristia e vivere i sacramenti pienamente, avere un'anima di Dio che sappia indirizzarti, come padre Giovanni, la mia guida spirituale, fa con me. Ma è ancora più importante avere un rapporto continuo con Dio, anche nelle piccole cose. Anzi, credo che Dio riesca a passare di più nelle azioni di tutti i giorni fatte con amore che nelle preghiere canoniche. Io penso che tutte le chiese debbano aprire le loro porte e diventare un punto di riferimento, un posto dove c'è colore, un luogo di ritrovo dove condividere problemi, ascoltare. Molti sacerdoti operano in questo senso, creando centri di ascolto, attività per ragazzi, mercatini di beneficenza. Fanno tutto ma tutto rivolto a Dio. Ed è questa la vera sfida: non insegnare ai giovani a vivere Dio solamente davanti all'altare, ma portare Dio e la preghiera negli atti quotidiani, nel proprio lavoro, nella propria famiglia, nei momenti di svago.

Io cerco di portarlo il più possibile anche nella musica. Sant'Agostino diceva che chi canta prega due volte. Io, allora, prego innumerevoli volte, visto che canto praticamente sempre. Ed è vero! Ho scritto e interpretato molte canzoni che possono sembrare canzoni d'amore, e lo sono, ma esprimono anche la sentita volontà di parlare della fede. Come in una delle mie ultime canzoni, *Ho bisogno di credere*: *Ogni volta che io cerco te, sento il mondo attorno a me, un canto magico davvero. Lascio andare sensi e l'anima, mi sento libera, volerò insieme a Te, per sempre. Batte, batte, batte forte forte il cuore perché ho il coraggio di combattere. Ho bisogno di credere con tutte le mie forze perché niente è impossibile, se lo vuoi veramente. Lascio andare il mio pensiero, so che poi trasformerà il sogno in realtà. Ho bisogno di vivere in quel che è importante per Te.*

Quando avevo il pancione cantavo molte canzoni al mio bambino. Ma a sera, per farlo addormentare e per pregare insieme a lui, intonavo sempre la stessa, che diceva così: *Sai* (figlio mio) *la gente è strana, prima si odia e poi si ama, cambia idea improvvisamente... però tu, almeno tu* (figlio mio) *non cambierai.* Era un augurio a lui (Fabietto), era una preghiera a Lui (Dio). Nei miei concerti sacri in chiesa cerco sempre di poter cantare *Almeno tu nell'universo,* chiedendo al pubblico di immaginare le parole non rivolte ad un uomo, ma a Dio. Anche nei concerti in piazza d'estate o nei teatri d'inverno è sempre in scaletta. Mi piace cantarla insieme al pubblico, perché così ho l'impressione di elevare una sola grande preghiera a Dio. Inoltre mi emoziona sempre pensare che questa canzone la interpretava una delle mie artiste preferite: Mia Martini. Quando sono stata a O'Scià, per la seconda volta, ho detto: «A O'Scià sono veramente venuti in tanti, però un'artista che io amo tantissimo non ha fatto in tempo a venire qui, e mi piacerebbe in qualche modo farla salire sul palco cantando una sua canzone. So che è una grande responsabilità, però Mia se lo merita». E cantai *Almeno tu nell'universo.* Non ho mai conosciuto Mia, purtroppo. Ma ho avuto il piacere di conoscere sua sorella Loredana, in un'avventura musicale in tv, 'Music Farm'. Loredana mi era sempre accanto con grande affetto, mi regalò un suo vestito, mi prendeva sotto braccio, mi accompagnava, asciugava le mie lacrime. Quando cantai la canzone di Mimì *Piccolo uomo,* Loredana mi applaudì alzandosi in piedi e mi disse: «Mi hai fatto venire i brividi. L'hai cantata da Dio!». Loredana in una frase riuscì a dire tutto quello che avevo dentro. Da Dio.

Un oceano di gente che crede

Ci sono posti, poi, dove Dio c'è sempre. Nel cuore dei bambini, per esempio, e in particolare in quei bambini speciali, quei 'piccoli principi' che si ritrovano a guardare negli occhi la sofferenza. Sono stata in alcuni di quei posti, negli hospice, dove le famiglie si radunano intorno ai loro bambini malati. Appena entro, ogni volta mi prende una commozione e anche un po' di rabbia tanto da dire: «Dio, io apprezzo tutto ciò che fai e non voglio farmi troppe domande perché se me le faccio significa che non ho fiducia totale in Te. Però dimmi qui tu dove sei». La risposta arriva subito. Lo trovo e lo vedo nel cuore delle madri di quei bambini, nei loro familiari. Passando per i corridoi, il desiderio più grande è quello di poter avere una bacchetta magica, vorresti diventare una fata e salvarli tutti. Ma non sei una fata. Allora provi a fare un sorriso, ti senti stupido, vorresti dire qualcosa, ma qualsiasi cosa tu dica risulterà banale. Poi quelle persone, con il loro silenzio, ti mettono a tuo agio, e la magia succede: non sei tu a dare sollievo a loro, sono loro a dare serenità a te. Ti trasmettono di aver accettato quell'esperienza nella fede.

E io ci sono tornata, più e più volte. Credo che queste esperienze facciano bene all'anima. Come anche le esperienze di carità. Anche solo un piccolo gesto fatto a chi soffre, a chi ha bisogno. La famosa monetina al povero, ad esempio. In realtà non credo che il valore sia nella monetina, quanto piuttosto nell'attenzione che gli si presta nel dare la monetina, nel non ignorare. Puoi anche non dare la monetina, ma una caramella: è l'interesse che, in quel momento, gli stai donando che è importante per lui. Che poi io mi fermi accanto ad ogni bisognoso tanto che mio marito è costretto a tirarmi altrimenti non torniamo più a casa, questo è un altro paio di maniche!

Di fronte a tutte queste scene, a volte ci si sente impotenti: non riusciremo mai a cambiare il mondo. È tutto troppo grande, è tutto troppo fissato. Ma se ci perdiamo in un tale pensiero ci uniamo alla schiera di quanti hanno mollato. E allora il piano B viene a sussurrartelo una piccola grande suora della carità, dall'abito bianco con gli orli azzurri, che si chiama Teresa: «Quello che noi facciamo è solo una goccia nell'oceano, ma se non lo facessimo l'oceano avrebbe una goccia in meno». Io la mia goccia voglio darla all'oceano. Una gocciolina piccola, ma voglio esserci! Goccia... goccia... goccia... un oceano di gente che crede.

Il cielo è blu. Ma non è di un solo blu. Tante sfumature di blu lo colorano.

Di giorno un blu chiaro, che accende nell'anima la sensazione di libertà: volare, ovunque, sempre.

Di notte un blu scuro, che sussurra all'anima la sensazione di protezione, sicurezza, complicità.

Quando cala la notte, io mi sento più serena e mi dico: ecco, ora è notte per tutti!

Il cielo notturno ci avvolge, ci nasconde, ci conforta. È il nostro confidente più sicuro: non rivelerà mai ciò che il nostro cuore gli affida. Nessuna cosa che gli racconti, nessun desiderio che gli chiedi. Tutto resterà, per sempre, un segreto fra te e la notte.

Il cielo notturno è sempre accompagnato dalla Luna, l'eterna sposa che vive nel buio per illuminare gli altri.

Aspetta il Sole, suo sposo, ma non lo incontra mai. E, in attesa del suo amore, dona amore agli altri.

Ha rinunciato a se stessa per essere luce. Si fa a metà per cullare ogni bambino.

È madre. Una madre senza braccia, una madre piena di difficoltà.

Io mi sento molto simile alla Luna. Vivo nel buio, eppure mi sento fatta di luce.

Quando è nato il mio Fabio, mi sono fatta tatuare una mezza luna con accanto una F.

Anche senza braccia lei lo cullerà.

Anche senza occhi io lo guiderò.

La luna è anche il mio incontro con Dio.

Nel blu della notte Lui ci parla. Quando si spegne tutto Lui rimane.

Lui non è luce quando c'è luce. È luce quando c'è buio, per permetterci di vedere.

Dio è la nostra Luna.

Annalisa è blu.

Blu come la notte che accoglie le preghiere.

Annalisa vorrebbe essere una preghiera.

Una preghiera che cammina.

INDACO

La mia chiara oscurità

Iride aveva ali d'oro.

Anch'io volo.

La mia voce e i miei piedi mi fanno volare.

Ma le mie ali non sono d'oro. Sono fatte di emozioni, di sensazioni, di tutto ciò che provo mentre canto, mentre corro, mentre amo.

E come Iride senza le sue preziose ali non avrebbe potuto vivere, così io non posso vivere senza emozioni.

Lo dico sempre a mio marito: «Genny, sta' sicuro che, dopo il canto e la corsa, m'inventerò qualcos'altro!». Lui sorride. Sa che è vero. E non so se sorride perché è felice di ciò che dico o perché è spaventato!

Io potrei morire senza emozioni!

Se non mi sento impegnata per me e per gli altri, non mi sento viva.

Attraverso le emozioni io sento.

Attraverso le emozioni io vedo.

Un bel giorno squilla il telefono. È una mia cara amica.

– Annalisa, una persona speciale ti manda a dire che ha fatto un sogno su di te. Ha sognato che tu tornavi a vedere.

– Ah!

– Sarebbe bello, non trovi?

Resto in silenzio. Rifletto e, non potendo trattenere la delusione, rispondo:

– No!

– Che dici? Ma che sei matta?

– No! Non sono matta!

Forse la mia amica non si aspettava quella risposta, ma ho detto semplicemente la verità. Io, oggi, ho una piacevole serenità e non voglio che sia intaccata. Esattamente! Non voglio tornare a vedere! Ho una mia identità personale, nata proprio dalla mia oscurità e, potrà sembrare ironico, ma io molti aspetti della vita li affronto meglio, li vedo meglio da non vedente. La mia personalità si è formata proprio grazie a questa mia 'esperienza', e sono felice così. Molte persone mi dicono di informarmi, perché la scienza progredisce di giorno in giorno e, quindi, potrebbe venir fuori qualche soluzione per me. Altri mi invitano persino a chiedere una grazia a Dio. Cosa? Una grazia? Ma Dio mi ha già donato tanto. Cosa posso chiedere di più? Mi sembrerebbe veramente fuori luogo. Io ho troppo e c'è chi non ha niente. Lasciamo che Dio si occupi di chi ha veramente bisogno! Se devo chiedere qualcosa, chiedo per altri. Oggi, purtroppo, vige la moda secondo la quale si lamenta chi non dovrebbe e, invece, chi dovrebbe lamentarsi non lo fa. Ho una famiglia, un lavoro che amo, tanto affetto intorno a me, sono una figlia, una moglie e una mamma felice. Mi basta quel residuo di luce che vedo.

'Residuo di luce', sì! Perché io del mondo esterno percepisco solo la luce, nient'altro. E già che ci siamo, sfatiamo una serie di leggende metropolitane sul mio conto: non mi sono mai operata, non ho mai recuperato la vista («So che la Minetti adesso vede»), non vedo le ombre, le sagome, i colori («Ma la Minetti non è cieca cieca!»), non sono cieca a metà. Ho solo la percezione della luce, non vedo nient'altro, ma mi basta. L'oscurità mi ha donato quel carisma e quella forza che, da vedente, non avrei.

Quindi a quanti desiderano chiedermi: vorresti tornare a vedere? io rispondo: a dire il vero io vedo già. Non vedo con i miei occhi, vedo con altro. Ma in ogni caso, vedo.

Come una stella cadente

Uno dei più bei regali ricevuti da bambina è stato un aquilone rosso. Ero così felice! Non aspettavo altro che vederlo volare. Ma non riuscii. Quando lo avevo fra le mani sì, ma appena l'aquilone si allontanava da me, spinto dal vento, non lo vedevo più. Mio padre, quando gli confessai che non lo vedevo, pensava che volessi prenderlo in giro. D'altra parte era impossibile non vederlo. Mia cugina Daniela, che era lì con noi, lo vedeva, io no. Ci rimasi malissimo. Vivevo una situazione particolare. Se non hai un braccio te ne rendi conto subito perché è lampante la differenza fra te e gli altri che ce l'hanno. Ma se vedi poco fin da piccolo, non ti chiedi se gli altri vedono più di te. Pensi che sia quello il modo di vedere. E io, da bambina, pensavo che tutti vedessero come me. Poi pian piano, crescendo, cominciai a capire che forse il problema era mio. Tuttavia era difficile comunicare questo mio disagio. Ero ipovedente ma non lo sapevo e, inoltre, nessuno credeva a quanto dicevo. Tutti, infatti, pensavano che volessi attirare l'attenzione dei miei genitori. Spesso venivo affidata ai miei nonni, poiché i miei genitori dovevano occuparsi di mio fratello Fabio, disabile anche lui. C'erano tutti gli ingredienti per dire: Annalisa vuole solo attirare attenzione. E quindi mi sono abituata al silenzio, a fare di necessità virtù.

Non potendo leggere i cartelli degli autobus, chiedevo agli altri dove portassero o seguivo la folla. Non scendevo quasi mai alla fermata giusta tranne quando, vincendo l'imbarazzo, chiedevo all'autista: «Mi avvisa quando siamo a Cadorna?». Quanti autisti milanesi avranno pensato che ero strana! Per strada fingevo sempre di parlare al telefono, perché così camuffavo la mia lentezza, dovuta al fatto che dovevo ragionare su dove andare e, soprattutto, come arrivarci, ricordando i vari punti di riferimento che ogni volta mi prefissavo. Mi aiutava molto percorrere la strada con le amiche, sperando che non si ammalassero mai e venissero ogni giorno, puntuali, a scuola. Ovviamente tutto ciò ha alimentato una serie di pareri su di me: Annalisa è distratta perché ogni volta che sparecchia rompe i bicchieri e quando spazza lascia sempre immondizia in giro. Piccolo particolare: il bicchiere non l'avevo proprio visto e l'immondizia men che meno. Ma il fondo si toccava a scuola: «Minetti, leggi!», diceva il Prof. E io: «Professore, non mi faccia leggere!». «Perché?». «Perché... perché... sono timida!». A casa dovevo ricopiare, pian piano, con calma e con la luce giusta, tutti i grafici che, a scuola, avevo buttato giù a casaccio. Studiavo il doppio. Rendevo meno della metà. E per dirla molto spontaneamente: mi rodeva!

Minetti è svogliata, prende brutti voti. Annalisa è distratta.

Dovevo giustificare i miei limiti facendo leva su altro: carattere, distrazioni, ritardi.

Ma Dio, prima o poi, ti mette sulla strada le persone giuste. I professori cominciarono a capire i miei problemi e chiesero un sostegno per me. Per ottenerlo mi fecero sottoporre ad una visita specialistica presso il Centro Diagnostico Italiano. Mi accompagnò mia zia.

Il medico mi fece tante domande. Ricordo quell'atmosfera e quel momento nei dettagli.

– Si sieda lì!

– Lì dove?

E impulsivamente allungo le mani.

– Qui!

Con le mani mi fa toccare la sedia. Ha già capito.

– Ma lei le stelle le ha mai viste?

Io ci penso, ma so che non le ho mai viste. Penso alle notti di San Lorenzo, quando tutti se ne stanno col naso all'insù in attesa di una stella che venga giù e che diventi, così, la tua stella, quella capace di realizzare il tuo sogno. Io non le vedevo ma raccontavo di vederle. Mi univo al coro che gridava: «Eccola!». E il desiderio lo esprimevo, perché in fondo sapevo che lassù c'era una stella cadente anche per me. Io non la vedevo ma c'era.

– No, dottore. Onestamente le stelle non le vedo.

Vedevo la luna, ma non le stelle. Il mare ma non le onde,

la piastra della cucina ma non la caffettiera, le cose ma non i dettagli delle cose.

Retinite pigmentosa e degenerazione maculare. Questo il responso. Due patologie. Se fosse stata una, forse… ma con due la situazione si complicava. In parole molto semplici: ero condannata alla cecità.

Avevo diciotto anni. La notizia fu veloce, improvvisa, inaspettata… come una stella cadente.

Un graduale addio

Non ho pianto, non mi sono disperata, né strappata i capelli dalla testa. Mi sono sentita liberata. Potevo finalmente dire a mia madre che non ero distratta, ai Prof che non ero svogliata, alle mie amiche che non potevano lasciarmi in bagno da sola in discoteca, altrimenti sarei rimasta lì. Potevo dire a tutti di non rompermi!

– Dottore, me lo scrive da qualche parte? Perché se lei me lo scrive io posso dire al mondo che non sono distratta e svogliata. Ho solo un problema.

In quel momento ho reagito con convinzione e in modo positivamente spavaldo. Ma mentirei se dicessi che non ho avuto paura, che è stato tutto rose e fiori.

All'inizio mi sono abbandonata al dolore e a me stessa. Ma non ho voluto combattere il dolore, bensì viverlo, ho lasciato che mi prendesse, perché si deve toccare il fondo per risalire. Dio non mi avrebbe abbandonata e sapeva qual era il percorso giusto per me.

Il passaggio da ipovedente a non vedente è stato traumatico ma non improvviso, è stato graduale: ho avuto il tempo di 'organizzarmi' nel migliore dei modi, di prepararmi a diventare non vedente. Ci sono addii e addii. Gli addii non immediati ma graduali lasciano meno malinconia nell'animo e ti concedono il tempo di abituarti. E io imparai ad abituarmi alla mia nuova dimensione. Non mi preoccupavo di non vedere cose e persone, paure iniziali e certamente significative, ma superabili, mi spaventava il rischio di non poter essere indipendente. E allora aspettavo che i miei genitori uscissero da casa per bendarmi e fare le prove, aggirandomi fra stanze e corridoi, esercitandomi per essere meno sprovveduta nel momento in cui la 'nuova vita' avrebbe avuto inizio.

Non lo facevo in presenza della mia famiglia perché non volevo che loro soffrissero. Le persone care intorno a me avevano già sofferto abbastanza, non solo per la notizia, ma anche perché spesso, vinta dalla rabbia, me la prendevo con loro, in particolare con mamma e papà, come se volessi dire loro: «Perché mi avete fatta così? Perché ci avete fatti così: Io cieca, Fabio disabile e Barbara morta». Credo che sia veramente sconfortante per un genitore sentirsi dire queste parole, anche se non proferite, anche se solo pensate. Mi pento di quel pensiero, più di ogni altra cosa.

Ma pian piano i sentimenti sono cambiati. Dovevo impegnarmi e, grazie a questa 'novità', cominciavo a scoprirmi più intelligente, con più ingegno di quanto pensassi, un ingegno che, come per magia, veniva fuori senza limiti. Tutto il mondo interiore, che avevo usato fino a quel momento solo all'un per cento, si stava manifestando in gran parte e mi scoprivo senza limiti, pronta per una 'nuova vita'.

Subito dopo la notizia non ho voluto studiare la mia malattia. Non ero affatto curiosa di sapere, né di cercare affannosamente risoluzioni, che in ogni caso non avrei potuto trovare. Nella mia nuova vita ho imparato piuttosto a cercare situazioni che non mettessero alla prova i miei occhi. Per certi versi sono stata aiutata dal fatto di essere stata da sempre una inconsapevole ipovedente.

Fin dall'inizio cominciai ad avere come migliore amica la memoria: mi truccavo e vestivo a memoria, ricordavo percorsi già fatti.

In altri casi, poi, mi affidavo alle restanti capacità che avevo: quando cadeva qualcosa non 'buttavo' gli occhi ma le mani, percepivo la posizione delle persone da movimenti, voce, passi, presenza. Interrogavo i rumori, i suoni come la protagonista del film *Dancer in the dark*, che non è affatto favolistico ma, a mio avviso, molto realistico. Una donna che sta perdendo la vista, ma finge di vedere per continuare a lavorare in fabbrica e sogna di danzare e cantare e riesce facendo dei suoni l'unico punto di riferimento dei suoi movimenti. Credo che il corpo sia una macchina perfetta e che compensi le mancanze. Se ti viene meno un senso, gli altri si sviluppano in percentuale maggiore. Si diventa un po' supereroi. I supereroi, infatti, molto spesso sono persone che hanno problemi fisici o sono vittime di incidenti particolari. Mio figlio, in tv, guarda i supereroi della Marvel. Ce n'è uno, Matt Murdock, che a causa di un incidente ha perso la vista, ma ha migliorato gli altri sensi in modo straordinario e, grazie al suo udito super sviluppato, difende i deboli dal crimine, sotto le vesti del supereroe *Daredevil*. Io dico a Fabietto che sono come *Daredevil*, non vedo ma riesco a fare tante cose che, in teoria, non potrei fare.

Quando proprio non potevo riuscirci da sola, molto spesso chiedevo aiuto agli altri: sceglievo balli di coppia per essere guidata e i miei fidanzati erano necessari per offrirmi il braccio nelle passeggiate. Ovviamente non mi fidanzavo solo per essere guidata a spasso ma devo ammettere che la cosa funzionava bene. Poi, essendo carina, un fidanzato lo trovavo sempre! In quest'ultimo caso, però, subentrava il prezioso aiuto di mamma. I miei fidanzatini dovevano necessariamente venire a casa. Io non li vedevo, ma li vedeva mia madre e mi faceva il resoconto: è bello, è brutto, è un bravo ragazzo, la faccia non ispira fiducia, direi di sì, non esiste proprio! I miei fidanzati li sceglieva più mia madre che io.

Mia madre era essenziale anche per le piccole cose. Quando mi vestivo per uscire le chiedevo sempre: «Come sto?». E lei mi aiutava. Ma il più delle volte era felice di dire: «Sei bellissima, figlia mia».

A nascondino abbiamo vinto

«Sei bellissima» è la medesima risposta che mi dà mio figlio Fabietto. Anche se ha solo quattro anni è già molto responsabile e consapevole di dovermi far vedere, spesso, attraverso i suoi occhi. Quand'era piccolo guidava la mia mano col cucchiaio della pappa verso la sua bocca, oggi mi guida per i corridoi degli alberghi, e riesce anche a fare i numeri di telefono.

– Premi il nove!
– Qual è il nove, mamma?
– Quello sotto il sei!
– Qual è il sei?
– Quello sotto al tre!
– Mamma ho schiacciato ma non risponde nessuno.
– Hai alzato la cornetta?
– No!
– E allora come ti rispondono? Alza la cornetta e ripeti tutto da capo.

Gli sono grata per l'aiuto che mi dà. Anche se mi tocca essere un po' petulante e ripetergli sempre: «Dimmi dove sei», «Fabio, dove sei?», «Devi sempre dirmi dove sei, parlarmi». Per il resto, però, non gli faccio pesare il fatto di non vedere. Tranne quando mi chiede: «Mamma, giochiamo a nascondino?». «Ma con tanti giochi che ci sono... proprio a nascondino?».

Devo essere grata anche all'altro Fabio di famiglia, mio fratello. Lui, con la sua dis-abilità, mi ha fatto sentire 'graziata' nella mia dis-avventura. Mi ripetevo, infatti, continuamente: «A te cosa manca, la vista? A tuo fratello Fabio manca tutto. Quindi non ti lamentare!». È diventato, pian piano, il mio stimolo. Mi ha insegnato tanto con i suoi silenzi, i suoi pianti inconsapevoli, la sue ingenuità, le sue emozioni poco elaborate eppure così vere. Quando sono diventata disabile, mi sono scoperta più vicina a lui. Ma anche protettiva perché ero allo stesso tempo una disabile 'fortunata' rispetto agli altri e, per questo, capace di combattere, per loro, al posto loro, per i loro diritti, per i loro sogni.

Ricordo con affetto la sua telefonata la sera prima della finale di Sanremo: «Annalisa, non ti preoccupare, la Madonna mi ha detto che vincerai».

E ho vinto.

Abbiamo vinto.

Piacevole nostalgia

Molti sostengono che è meglio nascere ciechi e non diventarlo, perché così non sai cosa hai perduto per sempre. Non è vero! Non sono d'accordo! Se hai visto, sei in possesso di alcuni parametri che ti restano ben chiari anche nell'oscurità, mentre chi non ha mai visto quei parametri non può averli. Quindi ritengo una grazia l'aver potuto vedere per i primi anni della mia vita. Certamente in questo modo nasce la nostalgia. Ma preferisco la nostalgia al non sapere.

Qualche volta, quindi, ho nostalgia della vista. Ricordo un episodio durante la mia luna di miele. Avevo venticinque anni ed ero non vedente già da qualche anno, pertanto largamente 'abituata' alla mia oscurità.

Eravamo in barca nel Golfo del Gargano. C'era un delfino, di nome Filippo, che divertiva tutti con la sua allegra e inaspettata presenza. Io sentivo i suoi vocalizzi ma, ovviamente, non lo vedevo. Fui improvvisamente presa dallo sconforto. Avevo pianto raramente per la vista, eppure allora mi venne un nodo alla gola. Mi allontanai dagli altri e me ne andai a prua, da sola, rivolta verso l'acqua con le lacrime agli occhi. Ma Filippo percepì la mia tristezza, venne a prua, verso di me, saltò e diede vita ad un vero e proprio show davanti ai miei occhi. Gli altri accorsero. Io sentivo i suoi suoni, gli splash, e mi arrivavano schizzi d'acqua. Filippo aveva percepito la mia difficoltà e stava facendo in modo che io non ne soffrissi. Mi ha cercata, seguita, ha voluto farmi capire che era lì anche per me.

Spesso gli animali hanno una sensibilità più spiccata di quella degli uomini. Come il mio cagnolino Willy, che, quando uscivo da sola, abbaiava, mi mordeva le caviglie, quasi a volermi dire: «Ma dove ti avvii da sola?». Faceva il giro del giardino e mi seguiva per strada: non voleva che uscissi da sola perché si preoccupava per me, avendo percepito la mia cecità.

È inutile negare che per certi aspetti il non vedere, qualche volta, mi ha resa vulnerabile e fragile, soprattutto quando non avevo occhi 'fidati' ai quali chiedere aiuto. A volte se non puoi vedere non puoi sapere: gli sguardi, le assenze, le presenze. Quante volte cadevo nel dubbio perché mio marito non era presente. Dov'era? Con chi? E spesso gli occhi ai quali chiedevo più che tranquillizzarmi, alimentavano il mio dubbio con sottili frasi. Allora ho smesso di chiedere aiuto ad occhi non 'fidati', ma restava il senso di impotenza. Se non fosse stato per il rapporto di fiducia che ho con mio marito, sarei morta di gelosia. È stato difficile raggiungere un equilibrio soprattutto dal punto di vista sentimentale. Ma i dubbi, prima o poi, cadono.

Al contrario, nel lavoro, la mia oscurità è diventata una virtù: devo concentrarmi solamente su voce, emozioni e mille altre cose ma il gioco è ricercare, ogni volta, quel 'di più' che gli altri non hanno in quanto vedenti. A Sanremo ho anche ringraziato la mia oscurità! Quando sono salita sul palco dell'Ariston, con la mia ciocca maculata, che non voleva sottolineare il nome della mia sindrome 'maculare', ma il fatto che fossi grintosa come una pantera, mi sono detta: «C'è una platea enorme e io non posso vederla! Meno male… sennò col cavolo che cantavo!!!». Poi ho cantato, vedendo tutto e tutti.

La mia chiara oscurità

Nel mio lungo percorso verso la cecità, non mi sono mai arrabbiata, nemmeno una volta, con Dio. Non ne avevo motivo.

Se Dio mi aveva dato quella 'croce' aveva i suoi buoni motivi. Facevo e faccio parte di un suo disegno.

Mi è stata tolta la vista, ma mi sono stati dati tanti altri doni, tante altre opportunità.

La più grande è stata quella di poter testimoniare quanto è bella la vita, sempre e in ogni caso.

Può sembrare strano questo mio 'punto di vista'.

Ma è difficile spiegare agli altri la mia oscurità.

Impossibile da immaginare, per chi non la vive.

È come il colore indaco.

Tutti ne conoscono il nome, ma quasi nessuno sa che colore sia.

Anche un vedente faticherebbe a descrivere il colore indaco e a riconoscerlo.

Io non lo conosco per niente.

Non ho fatto in tempo a vederlo.

È azzurro? È viola? È blu? È l'unione di questi colori?

Posso provare ad immaginarlo.

Forse è come il colore del cielo in tempesta? Quel grigio nel viola, che lo fa diventare un po' azzurro?

Probabilmente è un colore che non dà tranquillità.

Come il fatto di non vedere. Quando sei non vedente non sei totalmente tranquillo.

Ti devi affidare agli altri. Avere un ottimo rapporto con la fiducia verso gli altri.

Ma il percorso della fiducia all'inizio fa un po' paura.

Come il cielo in tempesta, che spaventa e affascina insieme.

Un cielo di rabbia, che poi diventa energia. Ma che si calmerà e lascerà posto al sereno.

L'indaco è conosciuto e sconosciuto.

Prima inquietante, poi rassicurante.

Allo stesso tempo chiaro e scuro.

Annalisa è indaco.

Indaco come la mia chiara oscurità.

VIOLA
Di notte e di alba

Iride, dopo essere partita in volo dall'alto cielo, posava i suoi piedi veloci sulla terra, accanto all'essere umano a cui doveva portare un preciso messaggio. Spesso, però, non restava se stessa. Si vestiva di una nuova immagine: l'immagine di una persona cara al destinatario del messaggio.

Chi sa perché! Forse perché doveva, da subito, ottenere la sua fiducia. Solo così, probabilmente, poteva convincerlo ad accogliere con serenità i suggerimenti che provenivano dall'Alto.

Iride assumeva le sembianze di altri. Faceva suoi la loro voce, i loro gesti, il loro viso... i loro occhi.

Anch'io spesso prendo in prestito gli occhi degli altri.

Lo faccio per vedere, per capire, per farmi un'idea.

Lo faccio istintivamente. Lo faccio per necessità.

Se ci troviamo di fronte ad un bel panorama e qualcuno dice: «C'è un panorama incredibile!», io mi ritrovo, dopo poco, a dire: «Venite a vedere: c'è un panorama bellissimo!». Io non lo vedo, ma faccio mie l'idea e l'esperienza di chi ha visto e me l'ha comunicato. Credo a quanto mi dicono e, pertanto, io stessa divento portatrice di quel messaggio. In tal senso io ho preso in prestito gli occhi degli altri per 'conoscere', indirettamente, la bellezza di quel panorama. Questo significa, per me, attribuire valore a quello che la gente dice, donare fiducia a quanto mi viene comunicato, ed essere sempre predisposta all'ascolto.

Ma gli occhi degli altri mi spingono anche a interrogarmi.

Mi chiedo che cosa di me possa arrivare agli altri.

Quale messaggio sono per loro.

Quale segno lascio sui loro volti.

Quale luce nei loro occhi.

Iride portava consigli o notizie. Si fermava lì a raccogliere le paure o le gioie di quanti incontrava. Aiutava loro a superare le difficoltà. Sotto questo aspetto le somiglio. Quando incontro una persona e percepisco che ha qualche difficoltà, io sento l'esigenza di aprirmi con lei, di raccontarle che ho avuto un'esperienza simile e l'ho superata. Molto spesso è una bugia. Molto spesso non ho vissuto un momento del genere, ma sono sicura che solo così posso aiutare quella persona a superare l'ostacolo. Solamente se mi piego insieme a lei e le dico che ci sono passata anch'io, potrò ottenere la sua fiducia e, quindi, motivarla a reagire. Devo diventare come lei. Diventare lei.

Assimilo il suo dolore. Lo elaboro con lei. Lo faccio mio. E così riesco a prendere dolore, e restituire forza.

Mi trasformo. Perché nel detto 'Mal comune, mezzo gaudio' un fondo di verità c'è. La gente ha bisogno, per ascoltarti, di sapere che tu non parli dall'alto di un pulpito, ma parli dopo essere passato, scalzo, per quella strada di sassi che loro stanno percorrendo. Solo così si affidano ai tuoi consigli. In questo modo 'vedo' sul loro viso un sorriso.

Ecco quale segno vorrei lasciare negli altri, quale luce: la speranza.

Annalisa vuole lasciare negli occhi degli altri la speranza che la serenità arriverà.

Non c'è, secondo me, un miracolo più grande dell'essere sereni.

E anche se non li ho visti, conservo dentro di me, tutti quegli occhi che, ora, lascio parlare...

La voce degli occhi di...
Patrizia Mirigliani, organizzatrice del Concorso Miss Italia

Annalisa è come un fiore sbocciato a Miss Italia. È una gioia averla fatta conoscere a tante persone (ma la gente, i suoi amici, le volevano bene molto prima di noi); ci piace averla fatta divertire, averla fatta camminare, volare, su quella passerella alla fine della quale si è messa a cantare e la città di Salsomaggiore è rimasta attonita: ho visto io il Palazzo dello Sport fermarsi, il pubblico incantarsi, e poi gridare di entusiasmo per quella voce rivelata al momento opportuno. Quante sfide ha lanciato e vinto questa ragazza.

La sua presenza a Miss Italia ha lasciato il segno. Ci passano davanti agli occhi e nel cuore tutte, tutte le sue immagini, dall'arrivo fra noi alla pazienza con cui si lasciava fotografare, mettere in gruppo, amare, da noi per primi, poi dai giornalisti, da chi la osservava mentre percorreva la passerella, guidata via audio dal suo assistente. E ora, a distanza di molto tempo, continuiamo a trattenere il fiato, come allora, perché temevamo che non ce la facesse, che qualcosa la fermasse. E poi, alla fine del percorso, l'accoglievamo con un brivido, come si fa con un acrobata che torna al punto di partenza dopo mille volteggi, senza un inciampo.

Di Annalisa ricordo le fotografie che le facevamo, mentre i suoi genitori, in disparte, la guardavano, e uno dei due, forse il padre, che non riusciva a levarle gli occhi di dosso, ad un certo punto disse come fra sé e sé: «Quanto sei bella!».

E quando venne in ufficio a farci sentire la sua canzone, *Senza te o con te,* mio padre Enzo l'abbracciò e poi la seguì a Sanremo, prima fra i giovani, poi al Festival vero e proprio. La seguiva ovunque, le sfiorava una mano e lei lo riconosceva. E poi, ancora, nel corso degli anni, ad ogni loro incontro, ci facevano assistere a questa specie di loro gioco privato. Una semplicissima emozione.

Tra noi di Miss Italia e Annalisa si è svolta una bella storia che racconteremo chissà per quanto tempo.

In quella edizione del 1997 vinse Claudia Trieste, calabrese, studentessa, e tra le partecipanti figuravano le attrici Christiane Filangieri e Caterina Murino, Mara Carfagna, Miss Cinema, e ancora Vincenza Cacace, Silvia Toffanin, Elisabetta Gregoraci. Annalisa Minetti arrivò vicino al titolo di Miss Italia, ma vinse ugualmente il trofeo più ambito: riuscì infatti a far sentire la sua voce e, cinque mesi dopo, vinse il Festival di Sanremo, cominciando un'appassionante rincorsa verso una vita disseminata di traguardi.

La pallavolo era la mia grande passione, il mio sogno. Avevo giocato fin da piccola, per dieci anni, a livello agonistico. Poi la notizia: per un grave problema di salute non avrei più potuto giocare. Avevo 17 anni e il mondo improvvisamente mi cadde addosso. Vedevo il mio sogno spezzato e non mi interessava più nulla: né andare a scuola, né trovare un'altra attività, né mangiare. Ero diventata magrissima, abbandonata a me stessa, e senza voglia di affrontare l'operazione che avrebbe migliorato il mio stato di salute, ma che non mi avrebbe permesso, in ogni caso, di ritornare a giocare. Fu il periodo più difficile della mia vita.

Una sera accesi la tv: c'era il Festival di Sanremo. Che noia! Non lo avevo mai guardato. Ma lasciai il televisore acceso e, svogliatamente, lanciavo un'occhiata, persa in quell'apatia che da qualche tempo mi accompagnava. Vianello annunciò la vincitrice: Annalisa Minetti. «E chi è?», mi chiesi. Non l'avevo mai sentita menzionare nell'ambito musicale. La ragazza bionda cantò. Non era male. Aveva gli occhi belli. Ma quegli occhi non potevano vedere. Lo scoprii solo più tardi, quando presi qualche informazione su di lei. Lei che, in modo totalmente strano e imprevedibile, era entrata nella mia vita.

Cominciai dapprima a pensare: «Questa ragazza ha un problema molto più grande del mio». Poi: «Questa ragazza ha un problema molto più grande del mio e guarda che grinta che ha». Infine: «Questa ragazza ha un problema molto più grande del mio e guarda che grinta che ha, mentre io me ne sto qui a buttarmi via».

Mi guardai allo specchio, mi trovai inverosimilmente dimagrita. E i miei occhi erano spenti. Non erano come quelli della ragazza di Sanremo, eppure lei non vedeva, avrebbero dovuto avere meno luce dei miei. Ripresi a mangiare. Ripresi la scuola. Ripresi lo stereo con le canzoni di Annalisa. Ripresi in mano la vita. Decisi di conoscerla: andai ad un suo concerto a Nettuno, vicino a casa mia. Dopo il live la incontrai per un autografo. Lei mi disse: «Domani sono in una città qui vicino, perché non vieni?». Andai al secondo concerto, poi al terzo, poi al quarto, ma senza mai rivelarle la storia che mi legava a lei, il perché di tanto affetto. Un giorno le scrissi una lettera, così avrebbe saputo la verità su quella ragazza molto magra di nome Francesca.

Dopo il concerto Annalisa chiese di me. «Mi abbraccerà e piangeremo insieme», pensavo. Niente di tutto ciò! Mi rimproverò. La ragazza bionda con gli occhi belli non sapeva solo cantare, sapeva anche parlare. E che parole! Mi spiegò che non avrei dovuto buttarmi giù per un problema superabile e mi convinse ad affrontare l'importante operazione chirurgica che avevo, per lungo tempo, evitato.

Seguii il suo consiglio. Mi operai e, dopo una lunga convalescenza, recuperai la mia salute. Non mi interessava più non poter giocare a pallavolo, avrei trovato il modo di impegnarmi in altro.

Continuai ad incontrarla nei suoi concerti e poi un bel giorno la sua assistente, Serena, mi propose di curare il sito di Annalisa.

Da fan ero diventata una 'collaboratrice'. Ma mai avrei pensato al passo successivo: una sincera e bella amicizia con il mio idolo. Nacque Fabio e Annalisa mi invitò a casa sua. Quel pomeriggio non capivo più nulla: stavo andando a casa del mio mito! Cosa avrei detto? Cosa avrei fatto? Facevo le prove per stabilire il comportamento giusto da assumere. Non servì a niente! Una volta lì non riuscii a dire una parola sensata. Ma lei fu gentile.

Successivamente mi invitò al mare e ad andare al parco con lei e il suo bambino. Pian piano mi sciolsi. La cosa che mi piaceva di più e che mi entusiasma ancora oggi è 'essere i suoi occhi'. Permetterle di visualizzare le cose, dal paesaggio ai disegni di suo figlio, dal vestito visto nel negozio alle persone che incontriamo. E sentirla parlare, poi, di quelle stesse cose come se le avesse viste, grazie alle mie 'descrizioni', è un'emozione 'indescrivibile'.

Lei mi ha, inconsapevolmente, fortificato trasmettendomi la certezza che niente è impossibile, se ci credi. Non avrei mai pensato che quella ragazza vista per caso in tv sarebbe diventata per me una sorella. Niente è per caso.

Serena Basciani, ex assistente e amica di Annalisa

Durante la nostra seconda tournée insieme, in alcuni giorni off, Annalisa era sofferente. Soffriva per l'unica cosa che davvero la rende vulnerabile: l'Amore. Era l'estate seguente al Festival di Sanremo con Toto Cutugno, aveva tantissime date, di cui molte all'estero, era molto richiesta. Le cose sul lavoro andavano davvero bene. Ma suo marito era lontano e lei non riusciva a trovare un solo motivo per continuare ad andare in giro per l'Italia senza di lui.

Ci sono delle cose che per lei vengono prima, la tranquillità della sua famiglia per esempio.

Annalisa in quei giorni aveva paura che la distanza potesse rovinare il suo matrimonio ed il suo sogno di avere un figlio. Ricordo che non c'era modo di capire da dove venisse quel dolore, non riuscivo ad aiutarla a tirare fuori il motivo vero per cui soffriva così tanto pur sapendo che il suo matrimonio era lì, e non andava da nessuna parte. C'era qualcosa, che forse sfuggiva anche a lei, e che la faceva soffrire.

Le chiesi di uscire per noleggiare un film. Scelsi *A prima vista* con Val Kilmer. Il film racconta di un ragazzo che vive una storia d'amore nel momento in cui riacquista e poi perde nuovamente la vista. Non so perché ma qualcosa mi diceva che c'era un nodo da sciogliere e che era proprio lei a non volerlo fare. Quando finimmo di vedere il film, Annalisa corse via in lacrime. Pianse per tantissimo tempo. E si liberò. Non stava soffrendo per la distanza, per la mancanza fisica di suo marito. Soffriva perché non riusciva a dire a suo marito cosa davvero la faceva stare male, di che cosa aveva davvero bisogno. Vedendo quel film guardò in faccia il reale motivo della sua sofferenza.

Ho raccontato questo, tra tanti aneddoti vissuti in quattro anni di lavoro insieme, perché quel giorno più di altri ho capito che l'unica cosa che potevo fare per aiutarla era darle la possibilità di dire a se stessa perché veramente soffriva. Nella sua vita, così come nella sua musica, c'è una magia; una magia che non è costante, che non trovi sempre in lei. Quella magia si innesca quando riesce ad essere sincera con se stessa, quando ammette le sue fragilità. E questa vera sincerità si accende spesso sul palco, quando canta consapevole di ciò che la rende forte e di quello che la fa sentire sola, fragile o incompresa. Difficile che questo accada con qualcuno, che si renda vulnerabile a tal punto con qualcuno. Preferisce spesso rifugiarsi in apparente forza, anche correndo il rischio di risultare presuntuosa. C'è forse una sola persona con cui non si sforza mai di fingere ed è suo fratello Fabio. Per il resto quella piccola magia funziona solo quando, cantando, trova il punto di equilibrio tra quello che vorrebbe e quello che ha accettato di essere.

Ho sempre pensato questo di Annalisa. E ho sempre riconosciuto nello stupore del pubblico sotto il palco il momento in cui quella magia avvolge chi la ascolta. In tanti anni e in tanti suoi concerti vissuti insieme riconoscevo sempre quell'attimo... e lo sguardo del pubblico compiaciuto me lo ha sempre confermato.

Di quel giorno e di quel pianto a dirotto io e lei non abbiamo mai più parlato. Perché spesso parlare è superfluo. La nostra amicizia esiste e sopravvive per questo. Io so che Annalisa in quel non cercare di parlare e di fingere ha riconosciuto il mio bisogno di verità, di sapere sempre che ho davanti a me una persona che non stia mentendo. Questo compensa il suo bisogno di non essere sempre trasparente, di non mettere a nudo le sue fragilità. E per questo dopo ormai quasi dieci anni siamo ancora amiche. Perché in fondo io e Annalisa siamo il giorno e la notte: lei iperattiva, io pigrona; lei lunatica, io (quasi) sempre di buonumore; lei salutista, io ipocondriaca. Quello che ancora oggi ci lega è l'aver condiviso dei momenti di verità come quello che ho raccontato. E soprattutto quello che lega me a lei è la cosa più bella e preziosa della mia vita: io ho conosciuto il mio compagno grazie ad Annalisa, e in fondo so di averla incontrata per questo, per conoscere lui. Quando le ho detto che non volevo altro per la mia vita che trascorrere ogni giorno con lui, ad aspettare che lui tornasse a casa, lei ha capito. Mai una volta mi ha fatto pesare di aver lasciato il nostro lavoro insieme. E di questo le sono grata davvero. Nel momento in cui molte cose andavano definendosi io ho fatto un passo indietro. Perché la mia strada era un'altra, e Annalisa lo sapeva.

Così il nostro lavoro insieme è finito nei giorni in cui Fabio veniva alla luce. Dopo aver partecipato per la prima volta all'O'Scià, di Claudio Baglioni, che era un grande sogno per entrambe; e dopo che la famiglia di Annalisa, così come la mia, erano arrivate al punto che avevamo sempre desiderato.

Giusy Laganà, segretaria generale Fondazione Doppia Difesa

La conoscevo solo di fama. Mi avevano parlato di lei come di una donna forte, determinata, una professionista molto generosa, tanto da mettere a servizio dei meno fortunati la sua arte e la sua 'visibilità'.

Io, dopo anni di lavoro nel settore profit, avevo deciso di mettere a disposizione la mia esperienza e la mia professionalità nel mondo del sociale e avevo contattato Annalisa affinché partecipasse ad un evento di raccolta fondi a sostegno della lotta contro la cecità evitabile nei Paesi in via di sviluppo. Lei arrivò, sorridente e bellissima, con suo marito Genny, e da quel momento capii che, oltre a una testimonial, a un'artista che mi avrebbe aiutata e sostenuta nelle attività sociali negli anni a venire, avevo trovato un'amica.

Annalisa non è una persona 'facile da vivere'. È caparbia,

decisa, generosa, capace di non mollare la presa su niente e nessuno per raggiungere i suoi obiettivi. Una persona con la forza di confessare che l'essere diventata cieca è stato per lei il 'dono' di Dio per farle assaporare e vivere pienamente la vita.

Abbiamo condiviso tanti progetti con lei e Genny: concerti benefici; convegni e conferenze sul sociale e il ruolo dei testimonial; la raccolta fondi per acquistare le protesi speciali per permettere a una ragazza di partecipare a gare di corsa internazionali; eventi e attività di comunicazione, al fianco della Fondazione Doppia Difesa, per combattere ogni forma di discriminazione e violenza contro donne e bambini.

Solo una volta mi sono sentita in difetto con lei e le ho chiesto scusa: avevo insistito per farla entrare in sala operatoria in un progetto sanitario in Bolivia. Dovevamo raccogliere fondi per comprare uno strumento per operare i bambini con patologie visive. Per realizzare delle foto e sensibilizzare l'opinione pubblica in Italia, le chiesi di assistere all'operazione di cataratta di una mamma che non aveva mai visto i suoi due figli, di due e cinque anni. Annalisa entrò e, conoscendo la lingua spagnola, chiese alla donna come si sentiva sapendo che, da lì a poco, avrebbe ricevuto il dono della vista. La signora le rispose che era emozionatissima e, dopo aver compreso che Annalisa non vedeva, chiese al medico di operare anche Annalisa subito dopo di lei. Annalisa le rispose che per lei non c'erano speranze e che, però, era felice di averla aiutata a vedere i suoi bambini, gioia che lei non avrebbe mai avuto con Fabio. Io rimasi di ghiaccio, non sapevo cosa dire, soffrivo per Annalisa e per averla messa in quella dolorosa situazione. Ma lei mi sorprese ancora una volta. Si asciugò gli occhi, salutò e abbracciò la donna e il medico e mi disse: «Andiamo, Giusy, ci sono molte altre persone da conoscere e aiutare». Mezz'ora dopo, giocava e ballava con alcuni bambini disabili, correndo e spingendo un ragazzo sulla sedia a rotelle.

Questa è Annalisa.

Annalisa che, per andare più veloce, ha messo anche le scarpe da corsa!

Gennaro (Genny) Esposito, marito di Annalisa

Ho incontrato Annalisa nel 2001, siamo stati presentati da amici in comune, arrivavamo entrambi da due grosse delusioni sentimentali. Io avevo perso, da poco più di un anno, quella che ritenevo la donna della mia vita e vivevo in uno stato di misoginia acuta: non sorridevo più e cercavo questa donna in tutte quelle che incontravo. Inevitabilmente questo alimentava instabilità sentimentale e rabbia. Poi ho conosciuto lei e mi è tornato il sorriso, l'entusiasmo. L'ho interpretata come una rinascita. Ero concentrato sulla fine di quel brutto momento e ne attribuivo ad Annalisa i meriti. Da lì il passo successivo è stato breve, dopo un po' di tempo le chiesi di sposarmi, mi rispose: «Sì!». A poco meno di un anno di fidanzamento ci siamo sposati nella mia città: cerimonia da favola! Da lì è cominciata la ricerca della conoscenza e, in pratica, abbiamo vissuto un fidanzamento da sposati. Nonostante il mio istinto paterno spingesse fortemente, abbiamo deciso di non avere un figlio subito: volevo stabilità sentimentale. C'erano radicati in me alcuni traumi infantili, paure di fallimento dettate dalla separazione dei miei genitori. Non volevo sbagliare! Volevo che fosse un passo ben ponderato e vagliato.

Non ho mai pensato che il 'non vedere' di Annalisa fosse un problema, i nostri problemi erano quelli di un'ordinaria coppia della nostra età, con le nostre fragilità, insicurezze e incompatibilità.

Io e Annalisa abbiamo avuto un percorso particolare: numerose difficoltà di incompatibilità caratteriali, ma anche altrettante passioni in comune. Amiamo lo sport, siamo due pantofolai invernali mentre d'estate sbocciamo alle prime visioni del re sole, mangiamo con la stessa cultura alimentare, amiamo il mare, abbiamo la passione per la salsa, il ballo caraibico con il quale ci cimentiamo in diverse manifestazioni e altro ancora, ma, ahimè, non posso affermare che il nostro sia un rapporto sempre sereno. Mia moglie a volte mi esalta, a volte mi stanca. Passiamo da momenti di grande entusiasmo ad attimi di forte incomprensione. Abbiamo sicuramente la difficoltà di 'viverci' troppo: famiglia, lavoro, tempo libero, sport, 24 ore su 24. Sempre insieme! E questo, secondo me, un po' ci mette alla prova. Ma le difficoltà si superano, anzi 'difficoltà' è una parola che suona strana per un uomo del mio temperamento. Dico spesso: «Dove c'è un problema c'è una soluzione», e: «Tutto è difficile prima di diventare facile».

È stata Annalisa a farmi il più grande regalo, il giorno più bello della mia vita, dopo sei anni di matrimonio: la nascita di Fabio. Sono stato presente dal primo dei suoi giorni, da quando è nato, tagliando il cordone ombelicale e riprendendo, con una cinepresa, quello straordinario evento, eppure ancora oggi mi emoziono sempre quando mi respira addosso, dopo aver passato intere giornate insieme, attaccati, fra mare, giochi, casa, pranzo, doccia, nanna. Insomma, siamo inseparabili! Quando con una donna condividi la nascita di un figlio, tutto ha una visione diversa.

Sono un uomo che tende molto a proteggere i suoi cari e la propria donna.

Così ho cominciato a organizzare la vita di Annalisa, dal lavoro al tempo libero, dallo sport alla famiglia: spostamenti, calendario, tour, amministrazione, immagine, contatti, pubbliche relazioni. E, adesso, ho l'impressione che tutto ruoti intorno a me.

All'inizio ho continuato la mia normale attività di calciatore fin quando ho potuto. Ho fatto, nel lavoro di Annalisa, una lenta gavetta, occupandomi prima di ruoli che mi consentivano di sviluppare il lavoro per lei da casa o dal posto dove giocavo. Quando poi, a 34 anni, le squadre che mi richiedevano erano in posizioni geografiche relativamente scomode per il lavoro di Annalisa, ho preferito mollare e dedicarmi completamente all'attività che richiedeva maggiore impegno: essere padre. Nell'essere papà non ci sono destinazioni geografiche, grandi palchi né la squadra migliore del mondo che tengano. Nostro figlio aveva bisogno di noi insieme, per ovvie ragioni.

Le proposte nell'ambiente calcistico, dove ho trascorso ventitré anni di attività, non mancavano nemmeno negli anni successivi, ma ho sempre preferito dedicarmi completamente a quello che ormai avevo scelto di fare. Mi sono pentito? Non torno mai indietro! Nemmeno per prendere la rincorsa.

Ad Annalisa, in tanti anni, ho dovuto 'prestare' i miei occhi solo una volta. Sembrerà incredibile ma è proprio così. Attraversavo un periodo della mia vita in cui mi sentivo stanco mentalmente (cosa che può succedere ad ogni normalissimo individuo), ma la cosa che mi preoccupò maggiormente fu la mia stanchezza fisica, cosa che fino a quel momento non era mai successa. Ho sempre tratto dal lavoro fisico e sportivo un immediato benessere ma, ahimè, non trovavo più le forze, nemmeno nelle mie riserve. Così finalmente decido, con il cuore pieno di paura (perché conoscendomi era palese che qualcosa non andava), di approfondire con indagini diagnostiche specifiche il mio stato di salute e ne viene fuori la prognosi che nessuno di noi vorrebbe mai sentire! Ci siamo capiti! Ancora oggi ho difficoltà ad enunciarla (ognuno ha le sue debolezze)! Mi sentivo come un animale braccato. Solo in quel momento, solo allora, mi sono accorto che mia moglie non vedeva. Non riusciva a percepire la pesantezza del mio sguardo, il grigiore dei miei sorrisi forzati solo per mio figlio. D'altra parte lei che ha dovuto fare i conti, in giovane età, con una realtà imposta ha sviluppato una forza tale da non ammettere la debolezza. Ma io avevo bisogno di lei più che mai, sapevo che solo lei poteva darmi la forza di guardare ancora mio figlio senza paura. Inoltre la concentrazione per le Olimpiadi, obiettivo in cui lei credeva e che io sostenevo, purtroppo la portava spesso lontano da me. Una mattina, come solitamente faccio, accompagno mio figlio a scuola. Quel giorno, non so perché, tutti i miei sensi si riattivarono, dal sentire il profumo della rugiada ad ascoltare in maniera amplificata il sorriso dei bambini. Poi mio figlio mi disse: «Papà, vieni a riprendermi tu a scuola?». «Se mi sento bene, verrò!», risposi. Lui mi guardò in silenzio e: «Papà, ma io sono felice se vieni tu, per favore, ti aspetto. Promettimelo!». Ritengo che niente succeda per caso, la provvidenza in qualche modo è stata sempre dietro l'angolo per me e la mia famiglia. Da quel momento in poi un forte impeto tornò in me. Oggi non c'è né alba, né tramonto, né luna che io possa vedere senza mio figlio. Posso solo dire 'grazie' piccolo grande uomo. Grazie, Fabio.

Michelle Hunziker

Quando osservo le farfalle penso che siano il simbolo e la vera essenza della trasformazione. Passano una vita da bruchi, a terra, tra le foglie e in mezzo a mille pericoli, per diventare, per un giorno, delle meravigliose creature colorate che volano dove desiderano e quel giorno valeva la pena di una vita intera.

Ecco la forza della trasformazione, la forza femminile, la forza di andare avanti, essere completamente consapevoli del proprio destino e rendere, quindi, la propria vita speciale.

E, automaticamente, lo diventa anche per chi ti sta accanto. Si diventa un esempio, senza volerlo, perché si lascia fluire accogliendo e trasformando.

Annalisa è la nostra bellissima farfalla! E noi le siamo grati per essere ciò che è.

Negli occhi degli altri

L'ultimo colore dell'iride è il viola.

Un colore a volte temuto, spesso evitato, troppo frainteso.

Ma io, che amo i contrasti e tutto ciò che non si piega all'abitudine, lo faccio mio, più di ogni altro colore.

Il viola custodisce in sé l'oscurità del blu della notte e il chiarore del rosa dell'alba.

Mi ricorda che il buio non può essere per sempre. Prima o poi lascia il posto alla luce, così come l'alba nasce dalla notte.

Mi ricorda che dalla mia oscurità è nato un nuovo giorno.

Tanti nuovi giorni.

Chi vuole può leggerli nei miei occhi, io li leggerò con i suoi.

Annalisa è negli occhi degli altri.

Annalisa è viola.

È notte e alba.

BIANCO

Sono passati un po' di anni da quel pomeriggio di primavera. Da quando l'arcobaleno venne a posarsi nel mio giardino.

Sono cambiate tante cose.

Ieri ero una bambina che piangeva per non aver visto un arcobaleno.

Oggi sono una donna che sorride perché dentro ha un arcobaleno.

Nei primi tempi di vita nell'oscurità mi meravigliavo di una cosa: io, nei sogni, vedevo.

Proprio così: io, di notte, quando sogno, vedo.

E vivo i sogni notturni intensamente perché sono gli unici momenti in cui posso vedere fuori. Una finestra che si apre ogni notte.

Allora dissi a me stessa: «Se, di notte, sognando, vedi, allora per vedere devi sognare tutto il giorno».

E così ho fatto.

Ho cominciato a sognare.

Ho sognato Miss Italia, Sanremo e le Olimpiadi.

E ho vissuto nel sogno e nella realtà questi traguardi.

Oggi sono una cantante, un'atleta, una Miss.

No! Sono prima di tutto una mamma. Una mamma felice.

Le lacrime, Dio, le ha trasformate in sorriso attraverso l'Amore.

Ma soprattutto Dio mi ha rivelato un segreto: non dobbiamo perdere tempo a ricomporre il cubo di Rubik. La soluzione è lasciarlo così com'è. Con diversi colori in disordine. Non bisogna affannarsi per essere uguali agli altri. Bisogna fare la differenza. Perché nella diversità c'è la vera ricchezza.

La mia 'diversità' è stata la mia vera ricchezza.

Ecco il tesoro che gli gnomi avevano nascosto nel mio giardino, ai piedi dell'arcobaleno, quel pomeriggio.

Oggi sono vestita di bianco perché in me ho tutti i colori che mi servono per vedere.

Mi sento un arcobaleno.

Mi sento come Iride, la dea dell'arcobaleno.

Quella bambina è diventata Iride.

Annalisa è Iride.

Tutti, se lo vogliamo, siamo Iride.

Tutti veloci… come il vento.

S

Spettro visibile

Stampa
L.E.G.O. Spa - Stabilimento di Lavis (TN)